# 我的京都

わたしの京都

渡边淳一 著
郑世凤 译

青岛出版社

# 目 录

## 一

雪与樱 / 003

向南本性与异地文化 / 013

落魄遭遇与喜逢仙女 / 023

没有季语的国度 / 033

东京殖民地 / 042

## 二

作家主场 / 053

京都话 / 063

伦敦与西部 / 072

过度出口的京都 / 082

## 三

京都的花街 / 095

夹着落叶的付款通知书 / 106

能力工资和经验工资 / 116

茶屋代售点 / 127

俱乐部和艺伎酒会 / 136

玩乐专家 / 146

## 四

在俺们京都,可不会那么做 / 157

京都女人 / 167

京都人的热情款待 / 176

一个难忘的人 / 185

山清水秀 / 196

后记 / 207

一

# 雪与樱

初到京都,是在昭和 26 年的春天。我们高三学生去那里修学旅行。

当时,虽说战后混乱总算开始趋于平静,但物资依然匮乏,旅行需要执外出就餐券,沿途多见无家可归之人。尤其是上野的地下街上,流浪者挥袖成云。

如此背景下,对于高中生来说,自北海道到关西的旅行,实在是奢侈难得。也有几个同学因为家庭条件不允许而未能成行。

"去不成的孩子太可怜了……"这事儿若放在今天,早就作为一大问题被拿到家长会或什么其他会议上研讨了。兴许还会采取各种补救措施——缩小旅行计划啦,一起帮着去不成的小伙伴凑钱啦,等等。但是在当时,没有人在意这些,旅行由学校单方面决定。

"能去的就去,不能去的忍着。"

老师也好,学生也好,大家都对此完全理解,没有谁觉得这有什么不妥。

虽说看似有点儿不近人情,但也不妨说,它能让孩子们早点儿认清现实,尽快成熟起来。

出发是在4月初,札幌尚属晚冬。屋檐上和北向的路面上残雪积存,处处可见残冰融雪。

我们的行程是先去京都,后经奈良,再至东京,然后从东京直接返回北海道。当然,那时候还没有飞机通行,需要换乘火车、轮船。

虽说如此,那一场自札幌至京都的旅行未免也时间太长了。

黄昏时分,我们离开了札幌,夜半到达函馆。坐上青函(青森至函馆)渡轮之后,一觉睡到天明,到了青森。

昏暗狭长的青森月台有一种说不出的悲凉,快步从栈桥离去的人们吐着白气。

尽管这样,终于踏上本州土地的我们内心却十分兴奋。可是,从这里到京都还有整整一天24小时的行程在等待着我们。

早上6点钟，列车驶出青森县，经过弘前、大馆，中午时分抵达秋田。我们在车里吃着分配给每个人的便当，继续南下。列车途经酒田、鹤岗，接近新潟时，黄昏再度来临。

我们欣赏着晚霞映照中的佐渡岛前行。当列车驶过直江津市时，黑夜再次来袭。

这是离开札幌后的第二个黑夜。

"富山！""金泽！"似睡非睡中被站员的喊声惊醒。因为列车是停着的，慌忙擦了眼睛仔细看站名，只见上面写着"福井"二字。从奥羽总线相继换乘过羽越、信越、北陆总线，至此，旅程几乎将近20个小时了。

不久，夜色渐白，晨雾中有水面浮现，方知那是琵琶湖的湖面。

许是旅程过于漫长单调的缘故，我们大家争相挤到窗边，一起凝视着湖景。

那之后几度沿此路线来过京都。每次看到晨雾中的琵琶湖，就有一种"路迢迢，终来到……"的感叹，同时内心深感欢欣雀跃："马上就到京都啦……"

这种既安心又激动期盼的心情，只有从北国经过漫长旅途，终于到达此地的人才会明白。

曾经远道进京（指京都）的战国武将们，搬着行李从遥遥北国来的旅行者们，一定都有过同样的感想。

毫无疑问，琵琶湖正是北国进京的人们初觉放松又深感振奋的地方。

正因如此，这湖东一带作为连接北陆、东部和京都的战略要地，登上了各种各样的历史舞台。

"贱岳合战""姊川合战"自不必说，秀吉的居城"长滨城"、浅井长政的居地"小谷城"，以及江户大老井伊直弼的居城"彦根城"等等，都是不可或缺的勇士们浴血逐梦的战魂圣地。

历史遗迹固然意义重大，但再也没有比在春日拂晓的雾霭中缓缓揭开面纱的琵琶湖更有情致的了。看惯了寒凉狂暴的北方之海，简直不敢相信自己的眼睛——居然还有如此温文尔雅的海。

当然，琵琶湖是湖不是海。而北海道的湖，在这个季节里还躺在残雪皑皑的群山怀中沉眠不醒呢。"路迢迢，终来到……"的安心感在看到这个湖的同时，转化为对"异国他乡，如此光辉明朗"的惊叹！

当我们沉浸于雾霭升腾中逐渐开阔起来的湖景时，列车从米原经过大津，终于来到了京都。

"京——都,京——都。"

站员"京"味十足的声音在清晨的空气中"流传"过来。

离开青森县已有大约24个小时,自札幌出发历经长达36个小时,至此终于来到终点。

学生们在狭窄的车内空间蜷挤了好久,此刻都忘记了困顿,争先恐后地抢着下车去。我也像一头终于得到解放的困兽一般,兴奋地冲向月台,可是却又很快按着膝盖站住了。

有什么办法呢?不会走路了。久坐不动的腿脚忘记了自己的使命。

组织出来修学旅行的学生的目的地都是千篇一律的。

金阁寺、银阁寺、清水寺、知恩院、西芳寺、平安神宫、三十三间堂……大家都是按照这个顺序先列队转上一圈。晚上再从四条河原町漫步新京极。

可是说句实在话,对于高中生来说,游览寺庙实在太无趣了。

大家仅仅因为人们说它是"有名的建筑"而看上两眼,对于导游的解说完全心不在焉。

不光是多么重要的文化遗产,带着顽皮赖骨的高中生去转烟香缭绕的寺庙有何意义呢?

不光是他们自己觉得无趣,也只会影响特意前来参观学习的一般学习者。

一定要给年轻人展示京都的话,倒不如给他们看看新选组①的屯兵所遗址更有意义。或者是源义经②藏身的鞍马啦、五条大桥啦眺望月色等等,都会让他们印象更加深刻一点儿。

事实上,我们的游观寺庙活动在第二天就让大家感到厌倦了,车来到了名刹宝寺前,有的人还大睡不醒,不肯下车。

我本人后来回想那次旅行,发现完全没有记住导游说了些什么。勉勉强强只能记得知恩院的"踏上去吱吱作响的莺声地板③",清水寺的"从清水的舞台跳下去——破釜沉舟④"这个熟语的由来,以及新京极的热闹繁华,等等。

---

①新选组:日本幕末时期一个亲幕府的武士组织,也是幕府末期浪人的武装团体。主要在京都活动,负责维持当地治安,对付反幕府人士。戊辰战争中协助幕府一方作战,1869年战败投降后解散。
②源义经(1159年–1189年):日本传奇英雄,平安时代末期的名将。源义经之父源义朝在平治之乱中为平清盛所败后,源义经在七岁时被送到京都鞍马寺学习,改名遮那王。
③莺声地板:知恩院广为人知的瑰宝之一。
④"从清水的舞台跳下去""是一句日本谚语,形容人被逼到走投无路时孤注一掷,反而会受到菩萨的佑护。

远比这些深入心底的,是"京都之春"的美丽。

四月初的京都城里,春风和煦,樱花开始绽放。

那樱花沐浴在温暖的阳光下,春霞掩映,含苞待放。也有的已经绚丽绽开。

在那之前,我们看惯了枝繁叶茂的"虾夷山樱①"。相比之下,京都的樱花居然如此花团锦簇,艳丽繁华,其繁华之盛势,简直让那树枝都快要撑不住了。

只见那花蕾满枝,芳华盛世,让人忍不住想问:樱花啊樱花,你为什么开得这么拼命?

当看到平安神宫的"枝垂樱"②时,我们瞬间失声,双腿无法迈动——怎么可以如此争奇斗艳齐展彩,千朵万朵压枝低。

"这不是自然成长的树,大概是那喜爱寻欢作乐之人费尽心力密密插满的假花吧。"

北海道的樱花是花朵伴随枝叶绽开,花落结果,自然而然。而这里的樱花太过美艳,有花无叶,看上去有些不太真实。

---

①虾夷山樱:花与叶同时生出。因花朵大且成紫红色,又被称为红山樱。此外,因生性耐寒多生长在北海道。
②枝垂樱:日本樱花的变种,粗枝横向伸展,细枝下垂,三月下旬开淡粉色单瓣小花。

清晨,云蒸霞蔚,花满山裾;日间,繁花似锦,枝垂大地,天地间锦绣连绵;夜晚,漫步街头时,灯光璀璨,樱花浮现。

这一日之间,风情万种的优雅的樱花在四季粗犷的北海道是完全无法领略到的。

我想起小学刚入学的时候,最先读到的国语教科书里的一个环节。

"盛开啦!盛开啦!樱花盛开啦!"

用现在的话说,就是簇新铮亮的一年级新生在跟着老师朗诵樱花。

可是,向教室的窗外望去,校园里的樱花树上,就连一片花瓣都看不到。

远处是校园里的器械体操的铁棒,地上残雪遍布,中央露出黑土的地方,白雪已经融化成积水,地面十分泥泞。

明明周围还有那么多积雪,为什么要朗诵"盛开啦!盛开啦!樱花盛开啦!"呢?年幼的我十分不解。

这难解之谜,在上了高三之后才总算明白过来。

置身在这京都的话,就能毫无踌躇地朗诵出"盛开啦!盛开啦!樱花盛开啦!"了。

那个教科书原来不是为了北海道的孩子编写的,而是为了京都的孩子编写的啊。

单单看一个樱花,就足以感觉到这里是异国他乡了。

不,也许应该说这里是本国,北海道才是异国他乡吧。

两天前出发时的札幌车站周围还处处残雪,那里一周之前还曾遭到暴风雪的肆虐。而眼前的京都城内,却是春阳慵暖,樱花绚烂。

那边是白铁皮铺顶的房内炉火熊熊,这边却是瓦顶的房间里暖意融融。那里是宽阔的大街、没有围院的人家整齐排列,这里却是胡同小巷纵横交错,往前一走便是寺庙神社。

把京都和札幌比较起来,其区别无穷无尽。

若说只有一点点相似之处,那便是出车站后右手边都是山,东西向的道路都称作"条"这点吧。再有一点就是车站右手边的山脚下都有一个叫"圆山公园"的公园。接近城市中心都有一条连名字都雷同的河流,京都的叫"鸭川",北海道的叫"鸭鸭川"。

这事不可思议?或说是奇妙的一致?其实个中自有其道理。

北海道的开拓大使东久世通禧[1]长官原本是朝廷公家出身,当

---

[1] 东久世通禧(1834年1月1日-1912年1月4日):日本江户时代末期至明治时代公家、华族、政治家、宫中重臣。主要成就:参与尊王攘夷运动、明治维新、开发北海道。

他决定在札幌设置开拓大使时,就是追忆着京都建设的城市。

换句话说,札幌是模仿京都而建的城市。两天的京都之旅,让我第一次真实感觉到了这一点。

之后去了东京,四天后我们乘坐东北干线,回到了青森。又从青森县坐上青函渡轮(青森至函馆)再次返回了北海道。

时间一分一秒地过去,随着一路北行,那个阳光和煦、暖意融融的国度渐行渐远。

再次返回阴冷的北国,我已经不再是从前那个只是单纯地深信和挚爱着北海道的少年了。

望着窗外山表的残雪,我忽然对文化部的粗筋大条大为恼火——居然在这么南北细长的日本国土上,同一个时期让南北不同地方的学生使用同样的教科书!同时,我也对大自然的某种差别待遇愤愤不平——同为日本人,一边的居民在春霞烂漫中赏樱花,另一边的居民却在荒原残雪中忍冬寒。

# 向南本性与异地文化

人们总是憧憬异国。对与自己现在居住的环境不相同的异地深怀好奇心,总想去瞧一瞧。有时候这种情怀高涨,甚至会乐而忘返,定居异国他乡。

住在北国的人们憧憬南国,总希望在南国住住试试的想法也是其中之一。

若在此把这种情怀命名为"向南本性"的话,那么同样道理,住在南国的人们对于北国的憧憬就可以称之为"向北本性"了。毋庸置疑,这两种情怀同样都是对身边所没有的异质自然的憧憬,是人们本能的欲望。

但是仔细想来,两者之间似乎又存在微妙的差异。

不用说，北方的人们对于温暖明亮的南方的憧憬更为强烈。

实际上，每年夏天一到，北欧的人们就为了追求阳光而从地中海沿岸南下西班牙，甚至到美国，在那里享受接近一个月，甚至两个月以上的假期，充分玩味明媚阳光。

这种度假既是为了健康，为了休息，同时也是对在漫长冬日里被关押在寒冷灰暗世界里的积愤的发泄。

另一方面，居住在炎热地带的人们会憧憬空气清凉澄净的北国。盛夏时节，去北欧和加拿大旅行的人们络绎不绝。

然而，事实上，我们很少听到南国的人们定期往北方移动。

出现这种情况的原因也许是南方人们的经济状况问题，但是从根本上讲，似乎更应该归因于南方人对北方的憧憬不如北方人对南方的憧憬那样强烈的缘故。

抛却灼热的沙漠地带和酷暑的赤道周边不谈，就拿挪威和西班牙来比较。挪威人对南方的憧憬，远比西班牙人对北方的憧憬更为强烈。同样道理，西班牙人对地中海一带的向往，跟住在地中海沿岸的人们对瑞典的向往之情，是无法同日而语的。

很多人深信北欧三国到处是森林湖泊，是非常浪漫的国度。殊不知那只是在六七月份最美的季节里才能看到的景色。在奥斯陆

（挪威首都），八月中旬前后就已经寒气逼人了，想到户外餐馆喝个咖啡都冻得待不住。

听到"白夜①"这个词语，南方人可能会心存幻想，但是有白夜也就意味着同样有黑暗漫长的冬天。隆冬之际，即使到了上午十点，天空也依然暗黑一片。直到正午前后，才短暂地明亮几个小时而已。之后的时间全是黑夜。上班族们不得不在黑暗中上班，又在黑暗中回家。

就像从地图上可以看到的那样，北欧三国的大部分地区处在北纬六十度以北，这个位置比桦太②还要往北，在鄂霍次克海更北面，相当于勘察加半岛北端。无论受到什么暖流的影响，气候有多么温暖，在这么北端的堪察加半岛地方，严冬漫长是情理当中的了。

即便不是在这么北端，就连伦敦和巴黎，也都位于北纬五十度前后，比札幌还要靠北，所以当然会是长期寒冷阴暗了。

这里的人们之所以要休一个长假南下，正是为了饱享阳光，同时，也是为了养精蓄锐，用以备足度过即将来临的漫长昏暗的寒冬

---

①白夜：是在纬度达到一定度数的地区（中高纬度，接近极圈，但在极圈外）太阳落到地平线下只能达到一个很小的角度。由于大气的散射作用，整夜天并不完全黑下来。在我国最北端漠河附近，夏季接近夏至日时，会发生白夜现象。
②桦太：指桦太岛，为二战时期日本的殖民地，后改为日本内地，即库页岛南部。

之气力。换句话讲,在南方度假也是为了在北方生存下去而不可欠缺的能量源泉。

但是,西班牙人和意大利人却没有这么强烈的北上情结。游山玩水地去观光一下倒还不错,每年定期去度假这样的迫切需求是完全没有的。实际上,南方人当中有很多人对寒冷的北国并没有兴趣。多数人只是想去北方一趟看看雪。可是一旦看到实情,便会被其严寒惊愕得立刻退缩了。

南方人并不像北方人憧憬南方那样纯粹强烈地憧憬着北方。

这也许是因为比起严寒,人们更喜欢温暖,比起黑暗,人们更热爱光明的缘故吧。

这个倾向不只是人类有,其他动植物也都是一样的。

草木都是向着太阳舒展枝干、繁茂茎叶、开花结果的。同样,人们也总想避开寒冷黑暗,前往温暖明亮的地方。

我向往京都的第一个原因一定是这个"向南本性"的缘故。

但是,比北海道光鲜明亮的地方并不是只有一个京都。九州和四国就不用说了,东京也远比北海道明亮温暖得多。事实上,京都比东京寒暑温差要大,关西地区算是相对有点儿难住的地方了。

可是,仅在那次修学旅行中去过一次本州的我,只知道京都和东京这两个出色的地方。而其中,在京都时,春光烂漫樱花盛开;在东京待那两天,却是细雨连绵。

短暂的旅行当中,唯有京都的春日之美深深地印在了我的脑海里。

好想去京都居住。

年少的我,总有一种错觉,觉得住在京都的人都是被特别甄选出来的幸运之人,只有那些出生在有一定历史渊源的家庭中的人才能够住在这千年王城之地。

似乎一起去旅行的伙伴们都有这种感觉。

比如即便只是简单地买一件土特产,我们在东京和在京都的态度就有差异。

如果是在东京,我们就会随意问价:"大叔,这个怎么卖?"还会以买的多为由毫不介意地跟他们讲价:"好贵啊,再便宜点儿吧!"

而如果是在京都,即便是买个东西,我们也会十分客气。

"您好,请问这个多少钱?"交易用敬语,并且人家要多少钱就给多少钱,老老实实地如数掏钱。接到对方递过来的零钱时,也会点头致谢。毕恭毕敬的态度正是一种"谢谢您让我买下这么好的东西"的感觉。而且,这期间还会为对方的京都话倾倒,十分注意自己的言行，不要被对方笑话自己乡巴佬。

曾经的丹波人或飞驒人①自不必说，就连从江户上京来的人们一进京都也都会心下紧张，底气不足。其历史遗留似乎依然残存在家住北海道的这些高中生们身上。

我向往京都的另外一个原因，是对京都独有的自信、傲气和支撑其如此傲气的厚重的传统文化深感兴趣。

如果将关东视为东方的边缘，那么北海道就是北方之端了。

如果关东人是"东夷"，那么北海道人也许就该称为"蛮族"了。

居住在偏远边缘地带的人们向往花都是顺理成章的事。

虽说道理如此，当时的我却并不认为北海道是蛮夷之地，自己是蛮族子弟。而且，我还一直深信北海道才是日本前景最广阔的土地，而札幌市则是东京以北首屈一指的现代化都市。

札幌市城市规模宏大，道路宽广，街道井然有序，市中心高楼林立，狸小路和薄野热闹得让人有种到了东京繁华街的错觉。再加上树木众多，北海道大学有"榆树学园"之称，同时又被称为"森

---

① 飞驒：指曾经的飞驒国，是日本古代的令制国之一，属东山道，又称飞州。飞驒国的领域大约为现在岐阜县的北部飞驒市。

林之都""诗歌之都"。

住在这方土地上的人们也像北海道的大地一样开阔大气。虽然也有少许的粗糙鲁莽之处，但都是根性善良开朗之人。男人们继承了札幌农业学校的传统精神，开朗开放，富于进取。

然而在这次的修学旅行中，出现了一个小插曲。有个伙伴居然对京都旅馆的女服务员开玩笑说："家里喂养的那头大熊，不知道现在在干吗……"这句话把那个服务员吓了一大跳。听到这事儿时，我甚觉不快。男生当然是开玩笑这么说的，可是女服务员好像一瞬间信以为真了。听说她用一种不可思议的惊讶眼神抬头看着那个男生问道："原来你是从深山老林里来的啊……"

"那个家伙真能说傻话啊！"

我绝不允许自己的故乡因为这样的事情被误会成草木深深的农村。

可能的话，真想再会一下那个女服务员，告诉她"札幌是一座大城市，高楼林立，人群熙攘，连路上跑的电车都比京都的要新。"

要说这很无聊也确实是有点儿无聊，可是这又事关一个在北海道长大的17岁少年的自尊心。

这且不说，京都居然有人相信"家里养着一头熊"这样的鬼话！

虽然只是她一时的反应,也着实深深打击了我。

原来京都人对于北海道如此知之甚少啊。

女服务员的无知让我大感惊讶,我一面对故乡的不为人知深感气愤,一面又对受到不公正的轻视的故乡十分怀念。

想来这种感情也许不只是我有,住在农村的人大概都有同样的心情。

以前,我曾经对一个来自钏路的人说:"你们那里面向大海,是不是走在街上都能闻到鱼腥味啊?"

谁知那个男人立即反驳我说:"没有的事儿!钏路既有商店,又有很新的旅馆!"

那一刻,我说能闻到鱼腥味其实并不是对其表示轻蔑,反而是想表达一种很亲切的感情,可是他好像并没有往那方面理解。虽然有商店和旅馆也并不代表就除掉了鱼腥味,但是我非常能够理解他那种不得不辩驳一下的心情。

在京都受过伤害的我,那一次却伤害了一个来自钏路的男人。

然而,即便是居住在京都或是东京的人们,他们在去国外的时候,也会同样地受伤归来。

"外国人以为日本至今还处于一个武士和艺伎的时代,日本人至今还穿着和服去上班呢。"

记得我们去修学旅行时,有个从欧洲回来的人曾经如此感叹过。类似这种误解直到今天也依然存在。

不可思议的是,每当经历到这样的事情,都会激起旅行者们的故土情结,使他们变成一个个爱国者。

"我们日本现在可是一个工业国家,能够制造汽车和各种电器。总有一天,要让那些家伙大为惊叹!"

归国的人们的这种想法,正是当年我这个17岁少年的想法。

总希望自己的故乡、自己的祖国能够得到恰当的评价,这也正是自己自身存在的一个证明。

可惜这样的解释就像刚才所讲的来自钏路的男人一样,往往会趋于没完没了的复杂化。

比如说,这之后札幌得以快速发展,被称为"小东京"。

与此同名的街道在洛杉矶也有,不过札幌这里高楼林立、车水马龙、热闹非凡,意味着其繁荣程度与东京类似。换言之,这个名字是在炫耀札幌的现代化程度不亚于东京。

然而这个说法虽然在日本其他的地方城市也能讲得通,在京都却是讲不通的。

自旧时居住在京都的人们听了,只会深为惊讶:"这个人,在说什么呢?"

札幌人只是单纯地喜欢"高""大""新"这样的词语,认为这就是气派、标准、伟大的象征。

而京都人伟大的标准却是"矮""小""旧"。

价值观在根本之处迥然相异。

如果京都也像东京那样高楼倍增,人声鼎沸,车水马龙,变成一个繁华的近代化都市,京都人大概不会以此为荣,夸耀自己为"小东京"什么的吧?

所谓"小东京",正是东京之二,嘈杂喧嚣之城的意思。

如此一来,京都人一定都会皱眉叹息。

"真愁人啊!最近京都怎么越来越像东京啦!"

像东京,对于京都人而言意味着堕落、丧失个性,还意味着被世俗淹没。

更不用说,那些以"像东京"而语气自满之人了,那正是"东夷""蛮族"的表现。

然而,正是因为价值观差异如此之大,在东夷人的眼里,京都才越发显得饶有趣味、魅力无穷。

## 落魄遭遇与喜逢仙女

北海道大学的基础课程结束时,我又迎来了一次去往京都的机会。

那时候,我对大学一直很失望。虽说已经安全考进了北海道大学,但进的是理科类学院,在这里取得理科的学分之后,再进入工学院、农学院、理科学院学习。

另一方面,文科的学生同样在经过两年的基础课程学习之后,将转入法学院、经济学院、文学院等学院学习。

那时候,关于未来的职业规划,我还没有一个清晰的展望。只是漠然地想从事文科相关的工作。觉得即便从高中时代的成绩和得意学科来考虑,未来也是从事文科工作比较妥当。

可是在当时的北海道大学,听说文科的创设日期尚浅,设备不够充足,就连授课学科也大多是东京大学的教授兼任的。有些专业甚至要等到暑假期间,东京的教授们一举赶来,集中授课。所以也有学生感叹说越到暑假越忙。

这样的地方,也许进去也不会有什么好事。这么一想,我就没有选择文科,暂且进了理科。

可是,我原本就不太擅长理科,成绩自然好不到哪里去。一到了上物理、化学和数学等课的时间,我几乎不是读小说,就是乏困打盹儿。

即便到了今天,我也经常会梦到自己因物理、化学不及格而惊慌失措。这正是当时的不安情绪延绵至今的结果。

而且,当时觉得已经考上了大学,内心得以解放,骤然开始玩起来了。

喝酒抽烟,精力充沛地沉迷麻将,自认也算是一介精通玩乐之人了。

其结果就是基础课程的成绩非常惨淡。物理、化学等学科更凄惨,总算在补考中好歹过关。

这份拖欠掉的努力在一年半以后转入学院时来算总账了。无论是文科还是理科,在编入专业学院的专业时,都要按照基础课程的成绩次序来择优录取。例如,工学院的建筑学院和机械学院,理科学院的应用化学等相关专业竞争很激烈,成绩不好的同学根本就不可能进。

我去教务处咨询过,说我的成绩能去的专业只有理科学院的地质学和数学这两个专业。本来就不擅长理科的我完全没有将这样的专业当作一生的工作进行下去的信心。

当然,也并不是没有其他办法。还可以从理科学院换到文学院去。不过就像刚才所讲,当时的文学院处于虽有似无的状态。

怎么办好呢?左右为难之际,一个叫"K"的朋友来邀我考医学院。

当时,只有医学院是要考试的,也接受其他大学的考生。据说入学率超过二分之一,一般的成绩就能考上。

在理科学院中,也只有医学院是以人为对象的,相对比较接近文科。

而且,听谣言说医学院的男生会比较受女生欢迎,这让我怦然心动,于是决定报考了。

可是,结果不出所料地失败了。

之所以说不出所料,是因为考完试后就马上得知数学得了零分。

正在有些失落的时候,同样惨遭落榜的K说:"札幌医科大学也在招生,咱们报考那边试试吧。"

我虽然对于离开北海道大学的校园稍感抗拒,但是稍一疏忽就会被扔进理科学院的地质学专业或数学专业了。

再次受邀参加了考试,却依然没有信心。

"能考上就上,考不上也没有办法。"

之所以心情还能如此悠闲,是因为内心在暗暗考虑转往其他大学。

当时,京都大学的法学院和文学院允许对外招生。读着京大的招生简章,我的脑海里浮现出那次修学旅行时看到的京都景象。

很想作为一名大学生走在樱花飞落的哲学大道上。那是我考大学时所怀有的憧憬。正应该称之为赶个"大学时尚"吧。

想着想着,我就迫不及待地想去京都大学了,马上决定填写申请书,去趟京都看看。这次和考大学的时候有所不同的是,即使考不上,也能保证还是一名大学生,所以内心比较轻松。

三月中旬的札幌城,被融化的雪水搞得污浊不堪,而经过汽车和轮船的长途颠簸终于到达的京都城内,却是阳光明媚,绯樱①竞艳。

我在京都大学附近的旅馆里住了下来,去参加入编考试。

谁知去了一看才知道,将近招收人数十倍的报名者蜂拥而至。

本以为没有几个人会参加像入编考试这种非正常的考试,谁知后来一问,才了解到它要比一开始考大学时直接报考要难得多。

考完试三天之后发布了成绩,我依然榜上无名。

这么一来,就没有理由继续待在京都了。

一开始我原计划马上打道回府,然而一来对于京都还恋恋不舍,二来手头上还有少许银子,于是决定再待上一天。我在京都街头转了转,未料到在车站附近发现钱包丢了。

是在哪里掉了,还是被小偷偷走了呢?未可知。不管怎样,暂时是无法返回了。

不得已我闯进了车站前面的巡警岗亭那里。跟警察说明情况后,警察让我去一个叫旅行者救助旅社的地方。

又拜托他帮我预先电话联络一下,并按照地图找去,在车站东

---

① 绯樱:日本称之为寒绯樱,顾名思义,开在寒冷的早春的红色樱花。寒绯樱确实可能算是一年里最早开放的樱花。

侧的道路附近,找到了该旅社。

本以为那会是一个陌生人拥挤的脏乱差的地方,结果去了一看,发现是一栋十分雅致的二层小楼,里面出人意料地干净。一楼是前台和接待室,那里有管理人住的房间。二楼是住宿的房间,所有的房间都是西式风格,中间有一张桌子,围桌而立的是双层床铺。

顾名思义,这里好像是国家铁路局的相关设施,是为了帮助在旅行中遭遇不测事故的旅行者应一时之急的。而我就这样在这里一待就是十天。

之所以延长了这么长时间,原因之一是因为旅店价格便宜得让人难以想象,以当时的价格,住一晚上才300日元。再有就是这里的管理员是一位五十岁左右的大妈,脾气特别好。

听说我是北海道来的,她又吃惊又同情,多方关照我。比如说,她告诉我,车站东部楼下的站员专用地下室食堂里的饭菜很便宜,去食堂后面的职工澡堂可以免费洗澡。

实际上按照她说的操作的话,加上住宿费,平均一天500日元的费用就够了。

说是旅行者救助旅社,其实一天当中前来住宿的人多则四五人,有的日子甚至一天没有一个人来。这时,二楼就像是被我包场了一样爽。

接到札幌家里寄过来的钱,我马上精神大振,再次开始积极行动了。

清晨起床后,先去大妈告诉我的地下食堂里吃过早饭,然后展开京都地图,随便定下一个要去的地方。之后就顺着这条路线沿路转悠,至傍晚时分方才返回。有时候,也会帮着大妈记一下管理手册,或者替她看看门。

大妈是和她二十二三岁的女儿一起生活的,女儿白天上班,不太照面。我也因此能得以在日间喝喝大妈泡的茶,跟她聊聊我们北海道。

大妈的言谈中,有件事让我有点儿小在意。我明明告诉过她我是北海道大学的学生,可是她马上就会把它说成是"札幌大学"。

北海道大学在京都一般人的眼里,不过是如此程度的知名度啊!我不禁感觉悲哀,可是即便跟她抱怨也起不到什么作用,只得作罢。

想来大妈之所以对我热情关照,也许是因为我是来自她未曾去过的、遥远的大北端的学生的缘故。实际上,从她的说话方式中,有时会流露出把北海道视为异国他乡的想法。

这些暂且不提,倒是托了这个便宜旅社的福,我尽情享受了春日的京都。

我今天从北向南,转转东山一带;明天从岚山往保津峡方向走;后天再从贵船到鞍马顺路逛逛。虽然没有乘坐出租车的钱,却也有充裕的时间享受步行及公交车沿途的风景。

正是这种没有钱却有时间的状态,使我得以把京都及其周边地区,不是以点的形式,而是以线的形式较好地走遍了。

在一个花蕾初绽的日子里,我从出町柳相继换乘了电车和公交车,去往大原。时间刚过正午,公交车内乘客很少,到达三千院前的时候,只剩下我和一位年轻的女孩了。

她鸭蛋脸、白皮肤,柔顺的长发分垂左右两侧,手里拿着一束用白纸包起来的花儿。大概是刚从哪里学完插花归来吧。苗条的身子裹在一条连衣裙里,越发显得秀丽清纯。

从上公交车时我就开始留意这个女孩了。我在三千院前下车时,她也一起下来了。

我忽然心跳加快,呼吸急促起来。

我心想:也许我们是被一条肉眼看不见的红线给拴住了吧。

可是因为内心过于兴奋,我连路标都没有看到。一下公交车,就不知道该往哪个方向走了。后来才发现那里是有路标的。

在我迷茫犹豫之间,她已经走向往左边铺展开去的一条小路了。

我鼓起勇气向她搭讪道:

"去三千院,怎么走?"

本以为她会很警觉地提防我,谁知道她微微一笑并点头应道:

"我也要去那里,您不介意的话就一起来吧。"

我既兴奋又紧张,十分不自然地向她点头道谢,然后跟着她一起并肩而行。

这时候,樱花虽然尚未盛开,大原乡间却是春阳盈溢、云雀啼鸣,处处可见焚烧冬日积存的枯草坪而升起的白烟。一开始的时候,我是顾不上欣赏这景色的,直到登上前往山门的矮矮的坡道时,才略略沉下心来。我告诉她我是北海道大学的学生,她告诉我她是同志社的学生。

"你也是要去三千院吗?"

对于我的这个问题,她不置可否,只是模棱两可地点了点头。

然而,在这和暖的京都乡间小道上,和一位美丽的女性并肩而行,这已经让我高兴得忘乎所以了,哪里还会在意这些。就连一路上,有路边休息的人看到她跟她点头打招呼我都没有在意。

不久,小路变成了石阶,登上石阶就是三千院的入口处了。

当我正想赶紧去售票处买上两张门票时,她轻声说道:

"那么,就此告别了……"

"门票呢?"还没来得及询问,她已经从售票口旁边的通道进去了。里边寺院里的人朝她点头致意,并不检查她的门票。

我惊呆了,直到看不见她的身影,才向售票处的人问道:

"刚才那位是……"

"她是这里住持家的小姐。"

我一时难以置信,再次向她窈窕的身影消失的道路上望去。

仿佛仙女短时下凡,只留下了娴静的微笑便飘然不见了一般。

"不愧是京都啊……"

回首眺望着青天白日下刚刚美梦萦绕的大原小道,我喃喃自语道。

# 没有季语①的国度

那一年的四月初,我才离开京都,返回北海道。自三月中旬从北海道出发,已经在京都逗留了将近一个月的时间了。

即便如此,我依然对京都恋恋不舍。

谁知原本不抱希望、心存放弃的札幌医大居然考上了。家里来了两遍电报,催我赶紧回去。

既然进北海道大学的理科学院太勉强,那也只有去那里了。

四月初,我告别终于开始绽放的樱花,离开了京都。

途中经过东京,我也没有顺道下去玩乐,而是直接北上青森

---

①季语:日本俳句中要求必须出现恰好一个能代表季节的词语。

了。然后坐上青函渡轮返回了北海道。

一路行程与来时正好相反。从京都经过琵琶湖畔,直到福井、金泽一带时还尚有春意。

这些地方虽然不曾像京都那样已是樱花烂漫,却也是白水黑土,暖意融融。

然而从新潟接近秋田时,便到处是残雪了,青森县城里人们几乎都穿着厚厚的外套。

从青函渡轮里能看到津轻的群山,依然在寒冽的天空下白雪漫野。

自北海道的函馆经过森、室兰至占小木的喷火湾一带,算是北海道内雪比较少的地区了。

然而,低矮光秃的树木和冻得硬邦邦的路面让人不禁想起漫长又寒冷的冬季。

不久过了千岁,随着距离一点点地接近札幌,路边原野上的白雪越来越多,只有中间汽车行驶的国道是黑色的,黑瘦的道路绵延伸向远方。

札幌只有被硬化的主路能露出本来面目,主路两侧和小路上依然积存厚厚的残雪,有些雪经阳光照晒融化,形成了好多水洼。

汽车经过时溅起很多水,整个街道都被泥水覆盖,到处搞得脏兮兮的。

而且回到札幌的第二天,又新下了一场雪。

我一边看着飘落在脏脏的街道上的雪花,一边想象着樱花开始绽放的京都。

同样是日本,怎么会有这么大的差异呢?

京都已经迎来了春天,而北海道却依然是隆冬正盛。那边的人在欣赏樱花时,这边的人却裹着厚厚的外套,穿着长长的靴子,艰难地行走在积雪的道路上。

同样是住在日本,为什么只有北国的人们要受到这么不公平的差别待遇呢?

这种痛心疾首的感觉在上次去修学旅行归来时也同样深深地感受过。

可是,那时候对京都还了解不多,同时也心怀期待,认为只要一心想去京都的话就能去了。

但是现在呢,进入京都大学这条路已经走不通了。去京都居住这个梦想已经难以实现了。

正因为是带着这种难舍难离的心情往回返,我的脚步才异常凝重,故而没有赶上新的大学的入学考试,上课迟到了三天。

公开考进医学院的我却一点儿都高兴不起来。这既是因为我要从北海道大学那么宽广的校园来到札幌医大这么小的学校,同时,又是因为不得不返回这积雪深厚的北国那种难以忍耐的落寞。

然而,如此失魂落魄的似乎只有我一人,周围的小伙伴们都对即将来临的春天的脚步激动地期待着。


在那之前,我一直以为札幌是一个四季鲜明的城市。春、夏、秋、冬,四季分明,各个季节都有各自的美好。

拿运动来说,冬天可以滑冰、滑雪;夏天虽然时间短暂,也可以享受游泳之乐;一年之间的气温变化很大,四季的区分也因此十分清晰。

可是,在第二次从京都返回之后,我意识到自己的这个想法是错误的。

即使札幌(说北海道的话地域太广,气候差异过大,所以以下说法全部只限于札幌周边)也算有四季,它跟所谓的日本的四季却是大相径庭的。

例如,四月初我从京都回来,那时札幌的气候,京都人是不把它称之为"春"的。

山峡处积雪尚深,大街上随便一进岔道都有残雪尚存。更兼随时心血来潮再下上一场的新雪,气温在零下几摄氏度之间来回逡巡。这样的气象条件正是典型的"冬天"。啊不,这恐怕是远比京都的冬天严峻得多的"严冬"吧。自然,京都人绝不会对着这样的季节感叹:"春天总算来了。"也不会随意脱掉厚外套。

从四月末到五月初是黄金周,人们会去户外享受春风和煦的五月。

但是,札幌的黄金周却是冷风凄凄,枯树林立,看不见绿色的。当然,去春游还太过寒冷,跟"春风和煦"之类的感觉还相去甚远。

新绿萌芽,真正开始花开是到六月份以后才有的。这时候总算开始寒水变温,家家户户都收起来自家的取暖器具了。如果札幌也有"春天"的话,只有这个六月算是春天,五月以前的气候都是明显的"冬天"了。

七月到八月的这段时间里,好像要找回这迟到的春天的损失似的,气温骤然上升。这段时间里,经常有温度超过三十摄氏度的日子,也能去泡海水浴玩了。

然而,一到了八月份的旧历盂兰盆会前后,秋风又早早地吹过来了。夜晚,从盂兰盆节舞会悄悄溜回家时,短袖衬衫里露出来的双臂嗖嗖发冷,不禁人耸肩缩背。

九月份和六月份并列为一年当中最好的季节。正合适用"秋高气爽"这个成语。然而这样的日子也顶多不过一个月而已。

进入十月份以后,气温开始急剧下降。中旬以后就开始下霜了。

札幌附近地区能够玩高尔夫的时间是从五月份的黄金周开始,到十一月初的白银周前后。而实际上五月初前后草坪还未长全,十月中旬开始也经常会遇到因为过冷或者雨夹雪天气而中止的郁闷情况。

说是度过了快乐的高尔夫季,也不过仅仅半年时间而已。

从十一月份开始,降雪,水池结冰,人们开始用毛衣或者大衣来武装自己。这种状态一直持续到来年的四月份,一个漫漫长长的冬季到来了。

看看这个季节的动态变化自然就会明白,札幌拥有的只是"漫长的冬季和短暂的夏季"。

唯一的六月份算是温暖宜人、接近北海道以外地区所说的春天了,可是樱花、梅花和辛夷的花期已过。因为春天太短暂,这些花都是在五月份一齐开放的,没有时间像北海道之外的地区那样等着按顺序开放。特别是六月份里,铃兰、丁香(紫丁香)、藤萝、杜鹃等争奇斗艳。

正是忽如一夜春风来的感觉,可是开的花儿却各种不对路,与毕业季和入学季这些春天的典型活动也无法联系起来。只有气候是处在春天,而日历上早已到初夏。

这种不协调状况在九月份也是一样的。只有气候还停在秋天,而本月一过月半,冬天的脚步就会逼近。真正的像模像样的秋天连一个月都不到。

完全没有"处暑""残暑""新凉"这样悠闲度过秋天的余裕。

这么看来,札幌没有北海道以外地区所讲的四季。如果有的话,那也只是漫长的冬季和短暂的夏季这两个季节而已。而这两个季节与实际的日本的其他冬夏也大相径庭。

比如,冬季的季语"小春"或者"寒雨"这样的词语在札幌的冬天是体会不到的,相当于"荒野枯田""西风落叶"这样的景观在这里也是看不到的。只用"火盆""烘手炉"这样的器具是无法抵得住札幌的严冬的。"跳竹马"和"拍线球"这样的游戏也玩不了。

拿"暴风雪"一词来讲,在北海道之外地区,久未见过这种景象的人们会有闲情雅致,被那乱舞的雪花迷住。而在札幌,它却意味着所有交通瘫痪。一个不注意,就会迈进鬼门关。带有一种恐怖色彩。

夏季的季语也是一样的,札幌的夏天里,"热砂""汗珠"这样的酷暑的实感薄弱,"阳伞""擦汗巾"也不需要,就连"林间学校""夏季津贴"这样的东西也统统没有。

此外还有很多,说起来与北海道无法匹配的季语,简直不胜枚举。

不知北海道的俳人①们对此做何感想?有机会倒想请教一下。大概在日本整个国家中,也只有北海道和冲绳是远离季语的吧。

总而言之,北海道没有正确意义上的季语。

后来我以札幌为舞台,写过一篇叫《丁香天寒之城》的小说。这个题目中的"丁香天寒"就是从季语"花季天寒"联想到的。

当然,"花季天寒"指的是樱花开放之际,忽然感觉到一丝寒凉掠过。而五月份札幌的樱花开放时节,天气还很冷,应该是"花季寒凉"了。可是,"寒凉"这个词语表达的是一瞬间的凉意,正适合

---

① 俳句:日本的一种文体。类似中国的古诗。以五七五之型为则,须用季语。咏之者,曰俳人。简单来说,写俳句的就叫俳人。

这边六月份丁香花开放时花树树荫下的感觉。

  一个出生在没有季语的国度的男人,向往季语丰富、能随着季节变迁尽享其中乐趣的情怀,也许正是自然发展的本来态势。

## 东京殖民地

从医学院入学以后,到作为医生在大学医院里工作期间,一共大约十五年的时间,我和京都的联系暂时中断。

当了医生以后,也无法随意去京都玩乐,对京都的情怀受到现实的工作压迫,经常有头无尾了。也有去外地参加学会的机会,但去的都是东京,几乎没有机会去京都。

说得明白一点儿,这段时间里比起京都,我更关心东京。

这个城市里聚集了全国 10% 以上的人口,大家各有想法,怀着不同的心情过着不同的人生。从金钱相差悬殊的资本家到连住处都没有的穷人,从天才艺术家到杀人犯,从总理大臣到小办事员,无数的人摩肩接踵聚集在这里。

其复杂多样性和活力四射令我深为震撼,并为之倾倒。

换句话说,踏上社会后急速膨胀的对社会的好奇心已经凌驾于从高中时代开始怀有的对京都的情怀了。

这其间,我多次考虑过去东京的事儿。少年时期开始怀有的"向南本性"在得到医生这个工作之后也没有改变。

可是,我这个时候对东京的向往,与想逃避积雪的土地或是去四月份樱花盛开的地方之类的、对南方的单纯的憧憬不同。当然,也不能完全否定没有那样的成分,但是同时,也有一种强烈的积极欲望,想住在蕴含各种各样可能性的东京试试。

心里虽然这么想,而一旦付诸实际,就不是那么容易了。

第一次东京之行,是在昭和三十三年做实习生的时候。

当时,按照规定,医学院毕业的学生全部要去国家指定的医疗机构做一年实习生。

我毫不犹豫地递交了去东京秋叶原的一家医院的申请书,并成功得到了在那里实习一年的机会。

然而,这次的离开却仅仅持续了半年多,便以返回北海道告终。

个中理由，简而言之是因为玩得过火。

那时候，实习生是没有工资的。因为遭到父母的反对，所以也几乎收不到家里汇寄的生活费。但是我本来以为，值班或者代诊等打打工，怎么也能生活下去吧。可是没有想到这正是错误之源。

当然，打工是有点儿收入的，如果老老实实适可而止的话，应该也不至于为生活所困。

但是，我为自己终于来到东京而欣喜若狂，整日耽于玩乐。

那一年，摇摆舞曲正盛行，日剧中满是举行着西部音乐盛会的情节，年轻的男男女女们沉迷其中，新宿和涩谷的繁华场所里，收入倍增、高速成长的日本，和在战后的累累伤痕中尚未治愈的日本，混沌不清，同时并存。

也并非是受这种狂热影响。住在三榻榻米大小的破公寓里的我，整日看电影看戏剧，转悠各个美术馆，最后又从曲艺场转到了舞场，迷上了舞蹈，喝酒喝到深更半夜，整天跟女孩子约会。

总而言之，就是贪婪地享受着大城市所能得到的享乐机会。

令人受不了的是，我在这半年多的时间里，搬了三次家，最后更是惨到投奔到一个女性家里暂住。

显而易见，这样的生活早晚会行不通的。

这年的夏天，我感冒加重，咳嗽时间过长，肩酸盗汗，虚汗出个不停。回故乡时找内科医生诊断了一下，说是肺结核，需要马上静养。

我这个人几乎就没有得过什么病，这个诊断不啻晴天霹雳。

要是继续这样稀里糊涂的话，严重了就需要住院治疗，只怕还会卧床不起了。连来年春天的国家考试都不能参加。

即使这样，我还是打算继续留在东京，但是父母不让，他们要我马上回家。我自己也有点儿心里没谱儿，最终还是回来了。

就这样，自修学旅行以来一直怀有的脱离北国的梦想，半年多后轻易破灭了。

幸运的是肺结核没有住院，坚持用链霉素和对氨基水杨酸等化学疗法就治好了。

再也没有比这个时候更佩服新研发的药品的威力的了，二十岁出头的年轻身体也是能快速康复的幸运所在了。

大病痊愈，也通过了国家考试。可是我的脱离北国的希望却因为这次肺结核事件受挫。

正式当了医生之后，也不是没有办法去北海道以外的医院就职，但我还是听从了父母的意见留在了大学母校。

有因病气馁这方面的原因,还有,住在东京的半年多也让我了解到北海道这边的气候未必就不好。

确实,东京不像北海道那样,有半年时间被雪覆盖。但是,反过来说,梅雨季节的沉闷和夏日的酷暑,对于北国出生的人来说也是相当难熬的。四月固然有樱花绽放,十一月还能享受棒球乐趣,虽有这样的好处,但是其反面也隐藏着郁闷的季节。

在那之前,只是以憧憬的态度来看,自然只会看到它的好处,可一旦了解了实际情况,我的东京观似乎有所变化了。

虽说如此,想脱离北海道的念头并没有完全消逝。

相反,因为多少了解了一点儿东京,甚至这脱离的意愿更加强烈了。

这其中的心情摇摆极为微妙,喜忧参半的情况也许应该叫作矛盾心理。

对某一方土地或者城市的感情处于矛盾心理虽然是个奇妙的说法,但是对于故乡的感情似乎也是含有这样的矛盾心理。

例如我们身在故乡时,对故乡的山河有些厌腻,眼里看到的尽是缺点。人际关系也是这样,已经厌倦了熟头熟脑的亲密友情的单调,总想找机会脱离开去。

明明是这样的,可是一旦离开故乡,马上就会怀念起故乡的山水和人们。

实际上,我在东京待的半年时间里,一看到"札幌啤酒""北海道报纸"之类的霓虹灯或者广告牌,就会有种想凑近跟前打声招呼的冲动:"你小子,原来在这里好好的啊!"

三次搬家,最后一次是搬到了大森的一个窗户很高、很热的六榻榻米大小的房间里。虽然这附近只有一个"拓银①"的分店,却能让我内心平静。

明明厌倦故乡逃离了出来,却在看到象征故乡的东西时马上感觉亲切安心。

---

①拓银:日本专为北海道地区提供长期开发资金而设立的特殊银行,创建于1900年2月。总行设在札幌。国内设有分支机构163家,国外有分支机构3家。带有半官方性质。建行初期的业务范围仅限于发行债券和长期贷款,兼营存款和一定范围的短期贷款等普通银行业务。贷款项目主要是以土地为抵押的农业长期贷款。随着北海道地区经济的发展,贷款重点逐渐由以农业为中心转移到对公共事业团体和对工商企业贷款。为了对北海道地区各种产业部门提供低利长期资金,该行采取了降低债券利息,向大藏省存款部借款等措施。为了适应北海道地区工商业发展的需要,又逐步扩大了短期贷款业务。1950年,日本废止了北海道拓殖银行法,该行转为普通银行,变为地方银行。1955年,又由地方银行转变为城市银行,后又被准许成为"甲级外汇指定银行"。该行的业务特点是其贷款中有季节贷款,如渔业、甜菜资金、鲑鱼、鳟鱼收购资金等。1993年资产总额为897.51亿美元,在世界1000家大银行位次中排列第83位。1997年,这家日本北海道地区最大的银行拓殖银行宣布破产,这是自二次世界大战以来日本最大的银行倒闭事件。

这种任性并非是出于对故乡的热爱或者什么爱乡之心之类夸大其词的东西,而是因为从小在那里长大,具有一种本能的条件反射。

即使头脑或者理智对其嫌弃,身体的根本之处却与它紧紧连在一起,无法脱离。

这种矛盾心理在对待自己的亲人身上也同样存在。

从少年时期到青年时期,有一个阶段,我曾经把父母看作很烦的人。在街上遇到父亲时,我也会装作不认识一样地走过去。有时候走过去之后会被朋友问起:"刚才那个人,不是你家老爷子吗?"

我听了只是尴尬地点点头,赶紧岔开话题。

总之,把自己的父母暴露在别人面前感觉很丢脸。入学典礼和毕业典礼时,也一再嘱咐他们不要随随便便地出现。

当然,在家里也懒得跟他们搭腔,尽可能远地躲着他们。

这种冷淡的态度并不是讨厌父母啦,希望他们消失啦之类。

岂止不是这样,父母形象深深扎根在我的内心。因为其扎根太深而有点儿烦腻,才特意回避的。

然而当我们去了异国他乡,被孤独折磨的时候,对父母的思念就会苏醒,理智上已经摆脱的父母,就会像油画一样浮现出来。

这也是一种无法用道理讲得通的不可理喻的心理活动,只能说是矛盾心理了。

回到札幌之后,我对东京的怀想也正是接近这种状态。

东京未必气候宜人,住起来也十分费钱,十分不易。它确实是政治、学术、文化的中心,充满了各种各样的新鲜刺激,可是也正因为如此,它也深含失意与孤独、贫困与穷苦,甚至饱含堕落与城市毒素。

既魅力四射,又面目狰狞。

但是我却难以忘怀,想再去居住。

以前只是单纯对它憧憬而已,它只存在于我美化了的想象之中。如今是在已经了解了它的几个缺点的基础上,被其诱惑的。在深知自己内心根植着北海道的风土的情况下,还是希望去不同的地方居住。

不过如今,像乡下人憧憬大城市那样单纯地憧憬东京的时代已经结束了。

从这个时期开始,我经过对东京和京都的对比,认为东京是一个相对宜居的城市。虽然在东京仅住了半年多,在京都更是只有一个月而已，但是已经觉察到这两个城市的风情和人们的风貌的不同了。

至少对住惯了札幌这样的城市的人来说，住起来最轻松的就是东京了，从这一点上看来，京都似乎稍有差距。

比如说，札幌自开拓以来还不过一百多年，住的人也都是以来自关东以北的人为中心，很多人混合而居，没有什么特别值得夸耀的传统和独特的文化。但也因此而没有什么古例旧习，人们都开朗亲切，富于进取精神。当然，它也伴随着粗枝大叶、粗鲁暴躁、有点儿欠缺情调的缺点。不过这里的人不会拘泥于出身或者门第之类，只以现实的有无能力作为评价别人的标准。

说起来，札幌虽然是一种殖民地，但是这种感觉与很多人混住在一起的东京很相似。

要说札幌以外宜居的城市，那就是东京了。

之所以依然怀着对京都的憧憬，却暂时决定去东京，就是因为东京这个城市和住在这里的人们的风貌最接近札幌。

从这个意义上讲，也不能不承认东京是我从札幌走向京都迈出的第一步。

二

**作家主场**

任何一位作家,都有一方可以称之为"主场"的土地。

就像职业棒球队的主场一样,那方土地要么是该作家的故乡,要么是作家现在居住的地方,是作家原生体验的场所。

这片土地的气候就不必说了,从人们的生活方式到人情世故全都耳熟能详,在家坐着不动就可以把这片土地写入自己的小说。换个说法就是,那是一片让它随时登上小说都没有问题,都能够很有自信地进行描述的土地。

昭和四十五年,我获得直木奖的时候,是拥有两个这样的主场的。

自不待言,其中一个是从我出生之后一直住到三十五岁的札幌,另外一个就是那之后一直居住的东京。

若是这两个城市,我对它们的四季风景如数家珍,某种程度上写起来比较有自信。当然,即使是作为主场的土地,关系到每一个具体的场所时,也必须要自己亲自去看一看才行。那片土地的整体氛围,比如春天樱花何时开放、夏天会热到什么程度、秋天的天空有多清爽、冬天的降雪量有多少等等,这些都需要用自己的肌肤亲自去体验和记忆。当然,对于居住在那里的人们的生活、语言,甚至气质等,都要能心领神会。

如果只是连续拜访过几天的城市,写个短篇文章倒是可以,长篇是写不出来的。为了将一个城市写入长篇小说,就必须做到待在书房里就能对那个城市的四季了如指掌。那还不单单是对其冷热度的气温的了解,就连该城市某个季节的风力强弱、浮云百态、山容水貌,以及楼层的高度,都能够自然而然地浮现于眼前才行。

作家拥有多个主场,意味着他的作品幅度就会相应地开阔,情景描写也会格外丰富多彩。

我想把京都变成自己的主场,不用说是在得了直木奖、真正作为作家登上文学舞台之后。

正因为京都是我长久以来一直憧憬的土地,将它搬上我的小说舞台也成了我当上作家以后的梦想。

可是,一旦想写出来的时候,再次审视京都,却发现有各种各样的踌躇之事。

其中一个最大的原因在于,京都这座城市已经被很多作家,以各种各样的形式描绘过了。

从旧时的《源氏物语》时代到今天,以京都为舞台的小说已有无数。而且,这些小说里都用最恰当的描写,写出了最适合出现在小说中的场所。

用一个通俗的说法,就是"京都已经被很多前辈作家写尽了"。

然而,不知是幸还是不幸,这些作品描写的都是战前或者战后的京都,极少有描写现在的京都的作品。

要描绘新京都的话,也许我今后挑战京都多少会有一点儿意义。

我决定不受过去的作品束缚,写出用自己的眼睛看到、用肌肤感觉到的现代京都。

可是,一旦进入开始写作的阶段,还是有很多难题的。

首先是四季各自不同的季节感,我以为到时候分别去趟京都就能搞定。实际上也是如此操作的,每个月都去京都,对于一些小说中所需要的场所,则是事先去转一转。

我本想这样就能够搞定,可是返回东京一写,就会出现各种疑虑。比如傍晚时分的比睿山是怎样暮色渐沉的,西方的爱宕山晚霞满天时,比睿山也会受其影响而变化吗?进一步说,月亮那时候是处于东山的哪个位置?北大路上的街道树是不是法国梧桐来着?如果是法国梧桐,那些树排又是一直延伸到哪一带?这些问题在取材的时候看漏了,如今进入写作环节时,便突然没有信心了。

但是,常年居住在京都的话倒还好说,只是一时兴起去过几趟的话,是很难了解到这些细节的。

虽说如此,又不能写着写着忽然跑到京都去。

这样的时候,询问一下住在京都的人倒是一个快捷便利的好办法,可是即使问了他们,也未必就能得到让自己满意的结果。当然,月亮的位置啦、街道树是否法国梧桐啦,这种程度的问题也许会搞明白,但是,染苍染黄的暮色山景怎样变化?吹到法国梧桐树上的风的触感如何,是怎么也无法问出的。总之,让别人去调查的,和自己实际在那个现场用五官感受到的,是不一样的,这种差别在文章中自然而然就会表现出来。

风景尚且如此,若是生活和语言方面,其差异就更加明显了。

比如在北海道,是很少有路边站着闲谈这样的事儿的。与其在路上碰见邻居熟人站着闲聊,不如直接邀请到家里。

其中原因,是因为曾经的北海道人少得可怜。大地十分宽广,而人却没有几个。因此,见到个人感觉很亲切。说得极端一点儿,见人亲得不得了,连小偷都想领回家去聊一聊。

这一点儿也许跟开发不久的美国西部人的气质很相似。来者不拒,统统开门欢迎。这种开放性与"见到人马上领回家聊聊"的这种习惯密切相关。

不止如此,由于气候上的原因,也缺少那种能够站在外面悠闲聊天的季节。从初夏到夏天这一短暂时间暂且不说,此外的时间里都是寒风冷雪。长时间站着聊天的话,很快就会伤风感冒。

与北海道人相比,东京和京都的人们经常站在路边闲聊。特别是在京都的胡同小巷和寺庙门前等地方,这样的情景经常映入眼帘。

看起来自是一番和平稳定的画面,可是在我这个北海道仔看来,却深感不可思议:那么长时间地聊天的话,为何不领回家里好好聊呢？

诚然,站在路边聊天是左邻右舍关系好的象征。可是,换一种看法的话,它也可以理解为关系不够亲密,达不到领回家的程度。或者说,它是一种嫌麻烦的心情的表达,毕竟把人领回家比较麻烦。

站在路边聊天的人在京都比在东京更加多见,这是因为京都的人们更重视邻里关系吧。从这一点来看,东京的人交往比较浅,只停止在所谓的打个招呼的程度上,达不到可以若无其事地站着聊天的亲密度。

但是,路边聊天现象虽然很多,京都人的交际方式却并不像北海道仔那样亲密,到把人邀请到家里去的程度。换句话说,可以说他们虽然是相识的熟人,但是彼此还有一定的爱面子之心和警戒之意,让他们把家底暴露给别人并没有那么容易。

与此相对照,北海道仔却完全没有戒心,就连刚刚认识的人也能领回家里去。这种毫无防备的态度既有受人喜爱的豁达开朗,也不免有粗糙鲁莽之处。

只是路边闲谈这一件小事儿,就能够暴露各个地方的文化差异。

假设现在写一本以京都为舞台的小说。如果将场景做如下设置：一位老字号店铺的老板娘在家门前打水的时候，与经过那里的熟人聊了起来，并将他叫到家里招待的话，也许画面就有些奇怪了。

这个情况下，到底应该是一只手里拿着水桶或者水管，长时间地站在胡同小巷里聊上个十分钟半个小时，这样设置或许才是比较像京都的。

而我这个北海道仔或许会将它设置成立即领到家里的画面。

但是，京都人把别人招待到家里的情况很少，除非对方是非常重要的人，或者是有非常重要的事情要聊的时候。既然把人招进家里去，不用说茶点果子了，大肴大餐的又不可缺少了。

这一点又要说一下了，北海道仔即便把人领回家，也不必特别郑重其事地盛宴招待。顶多是奉茶，再上一点儿小咸菜，重复一些无关紧要的话。

通过路边闲谈这一个镜头，就能反射出古都小巷的静谧和住在那里的人们的情感，可是一旦将人招进家里，氛围就完全变了。

至少要了解这些，才有可能写得好京都。只是在京都的大街上快步走过，这些东西是不可能了解的。

比起这种生活习惯的不同,更加不同的是语言。特别是京都,存在一种叫京都方言的特别语言。

而且,这种京都方言因为年代和阶层的不同而各不相同。一般白领女性的京都方言,居住在西阵附近的人们的京都话,和祇园周边花街的语言,也会迥然相异。而且,即便是同一个西阵,老婆婆和小孙女儿的话又不一样。同样,男人们的语言之间也有着微妙的差别。

小说的主人公是住在哪里的?做什么样的工作?这些都决定着他们的京都方言也必须不同。

为了消化吸收这些东西,每年去几趟京都到底是无法做到的。当然,阅读什么"京都话"这样的书也是不能明白的。最理想的办法就是移居京都,在那方土地上居住。

然而,也并非是仅仅移居至此,就能完熟京都方言的。一般的京都人的话暂且不说,西阵和祇园的方言,如果不是在那里继续深入下去是不可能写出来的。

说句实在话,我勉强算是能做到把京都话写进小说里大约花了十年的岁月。

这期间,我先写了《台风》,又写了《正午的原野》《化妆》,这三部长篇小说。在最初的《台风》里，主人公是一位叫迪子的女检查技师，她的语言我用的是标准语。之所以没有用京都方言，是因为太有难度而放弃了。

在第二部作品《正午的原野》中，对扇子批发店的老板多纪这个人设，我第一次使用了京都方言，说句实在话，尚有很多不足之处。

在最后一部的《化妆》里，我写了在祇园长大的三姐妹。感觉在这部小说里，语言方面总算能说得过去了。

在最新小说《樱花树下》中，好不容易有了充分的表达能力，做到了能让母亲和闺女两代人使用不同的语言了。

当然，即便如此，若想挑刺的话，也许还存在几个问题。

本来，京都方言并不是人们一般认为的那种漂亮语言，人们之所以认为它美，是因为它的语调柔和。至少在把他们说出的话转变成文字来表达时，会发现浊音很多，有点儿刺耳感。

表示死胡同的"里巷"啦、表示浓情蜜意的"死去活来"啦等等，都是最具代表性的词语。

因此，在用文字表达出来的时候，需要转换成比发音更为温和、略带古风色彩的词语。

为了打破这个语言障壁,有一段时期,我专注于祇园玩乐。虽然住倒是没有在京都住下来,可是一去京都,就成天跑祇园,让耳朵熟悉艺伎和舞伎的语言。

要了解祇园这个特殊的世界,理解生息于此的语言,没有比这更好的办法。

但是,自不必说,这项工作花费颇多。

有一次,我去税务所倾诉这件事儿:"我玩掉的钱是为了写好小说的必要经费。"

可是,税务所的人说:"没办法,你也享受了啊……"所以他们只是认可了我的部分倾诉。

确实,诚如他们所说,我也不是没有享受到,不过,如果不去玩,就写不出来那种小说也是事实。

总而言之,把京都的花街当作主场是一件极其花费金钱的事情。

## 京都话

说白了,对于京都人的一般评价也许可以说并不咋样。经常能听到这样的说法:"不明白京都人在想些什么""表面脾气很好,内心却是两码事""对外地人很冷淡,很闭塞。"

实际上,一开始的时候,听到这样的评价我也会点头认可。

一般来说,旅行者对于某个城市的印象都是靠不住的。

碰巧某男子去了某特产店,遇上一个可爱的女店员,亲切地关照自己,马上就会认为"那个城市是个好地方";偶然进入一个酒吧,出乎意料地大受追捧,就闹着"想再去"了。

而如果遇到相反的情况,就会认为那个城市不好了。

一个地方的印象,比起该地的风土和文化遗产,更是由身边所接触的人决定。

从这一点来说,我并没有被京都人冷漠对待。

第一次只身来京都,丢失了钱包,跟警察哭诉后,警察给我介绍了旅行者救助旅社,在那里受到管理员大妈的亲切照顾,便在京都赖着不走了。更有后来去拜访了三千院,和一位美若天仙的美丽女孩一起漫步了大原乡间。

想起这些美好回忆,没有任何道理说京都人不好。

但是,与这种美好回忆有别,也确实怀有另外一种印象:京都人有种儿说不出的冷淡客气。

哪个地方怎么个客气法,是难以清楚地说明白的。表面虽然柔和,但却有一种顽固执着的偏狭劲儿,不容易接受他人。这也是一无所知地从东京来到京都,走在街上时最初感觉到的。

与东京相比,京都这座城市有点儿自命不凡。

东京和京都的这个印象差别,也许从街上是否有叫卖声就可以说明。

众所周知,东京城里叫卖声沸沸扬扬,虽说如此,也并不是所有店员都会喊叫。特别是银座等地方,有很多店给人感觉很冷淡。

即便如此,银座的店还是比京都的店要活泼得多。

虽然不会对着顾客"欢迎光临！欢迎光临"地过分热情，但是也会带着销售欲望靠拢过来。虽然不会强制你"赶紧买"，但是想让你买的想法一望而知。

这要是去了涩谷、新宿，情况就更加激烈了。在新宿的照相机店，叫卖声此起彼伏，店员想尽办法想把客人拉进来。店的外观和装饰都很艳丽花哨，有的甚至已经花哨得难看，让人忍俊不禁了。

如果去以浅草为中心的平民居住区，就更加见人即亲了。走在商店街上的话，不管你是谁，都会被拦住推销商品。虽然多少有一点儿强人所难，却毫不掩饰希望你买的心情，直率明朗。

与此相比，京都这座城市却安静、优雅、冷淡。

即使进入店内，店员也不会马上靠上来，大都是以锐利的眼光一瞥，然后就是一副"悉听尊便"的样子。

"这个多少钱啊？"即便向他们询价，也只会得到一个价格答案，他们不会勤快到价格之外，再把商品的优点加以介绍，或者再推荐其他类似产品让顾客购买。

这也似乎是在说："您满意就买，不满意也别耽误我们的买卖。"

当然，京都也并不是所有的商店都是这样，而东京的商店中也有冷淡的。

只是，总体来说，京都的商店都比较安静，销售小姐不会解说个不停，很多商店都会采取淡然的态度：客人满意的话就会买我们的，不满意没有办法。

总而言之，东京的商店店员是比较主动的，京都的商店店员是比较被动的。

在旅行者看来，这种被动性就表现为冷淡、不亲切。而东京风格的做法虽然让人感觉有些多此一举，却不会不舒服。

这些方面的不同，与东京和京都两地的文化差异并非无缘。它也不是一朝一夕出现的，而是在长年的历史性背景下产生的。

江户时代开始孕育的直率慷慨的江户仔的亲和力，至今存现于东京的商店氛围当中。古都沉稳而又尊重个人兴趣的稳重态度，也依然在京都的商店中吐露气息。

伴随接待客人的态度的，同时还有一个语言问题。不，也许事实上，语言方面更具根本性，更加重要吧。

自不必说，语言是传情达意的工具。

可是，即使是同样的语言，不同的人说出来也会有不同的意义，不同的人接收了其理解也会有所差异。这个差距在东京和京都迥然不同。

以前,有一个企业的社长去祇园茶馆时,喜欢上一个艺伎。

"姑娘,晚上这边结束后,咱去K旅店的酒吧喝一杯吧?"

面对这位社长的邀请,年轻的艺伎嫣然一笑:

"哎,非常感谢!我很高兴。"

听到艺伎的回答,社长心情大好。当晚,他便在旅馆的酒吧里等,可是左等右等等了好久,那个艺伎女孩并没有来。

也许是因为一次半次的邀请她不来吧,社长想。于是第二天,该社长又叫来那个艺伎邀请她,女孩笑容满面,如前回答道:

"非常感谢,我很高兴。"

这次应该会来了,社长又满心期待地等了好久,艺伎女孩依然没有现身。

社长深感生气,第二天,他又去了茶屋,叫来那个艺伎训斥道:

"什么意思嘛!你这是耍我啦?!"

艺伎垂着脑袋,一句话也不说。茶屋的老板娘看不过去了,替她辩解道:

"社长先生,不是那样的啦!"

"但是,这个女孩说过'非常感谢,我很高兴'啦,我们可是约好的。"

"的确,她是那么说的,但是,那是对您邀请的感谢,并没有说要去啊。"

这一说法,让社长目瞪口呆,说不出话来。

这是实际发生过的事情,听过此事的诸君,对社长喜欢女人的癖好另当别论,恐怕对他的遭遇还是会深表同情吧。

当邀请别人"今晚见面吧"的时候,对方嫣然一笑回答说:"非常感谢,我很高兴",谁都会认为是对方会来吧。十个人有九个会觉得"算是约好啦"。

如果对方告诉你这只是对你邀请他的感谢,那简直太让人受不了了。

与其这样,还不如清楚明白地说:"不好意思啊,我今天还有别的事情,去不了啊。"

因为会让对方怀有与实际不相符的期待,最终放人鸽子,京都女人经常被评价为"京都女人心难懂,薄情寡义"。

可是,这种批判终究只是东京人的意见,京都人可不这么认为。在他们看来,倒是东京人特别强硬,蛮不讲理。

其理由很简单,因为京都话里面没有否定表达。

京都话里虽然有"YES",却没有"NO",应该怎么表达出不愿意的意思呢?

这种时候,取代它的做法是客气地点头致谢:"非常感谢。"

只说"受到您的邀请,非常感谢",然后下面的"虽然机会难得,但是机不凑巧,去不了"这样的话就说不出口了。

"非常感谢"就像否定的枕词①一样,希望对方能理解其接下来的"NO"的意思。

那么,真心想赴约的时候,该怎么说呢?这又不禁让人在意了。这样的时候,就会进入具体问题的讨论了:"那么,什么时候,去哪里等您合适呢?"而"非常感谢"一词,是话未至此之意,只是柔和一笑致以谢意,尚未达成具体约会的意思。

归根结底,是年轻的艺伎用她的一片真情实意,拒绝了社长的邀请。微笑着郑重低头,道一声"非常感谢",而加以拒绝。

自己都真诚地拒绝了两次了,怎么还受到批评了?是何道理呢?想抱怨两句的与其说是社长,倒不如说是年轻的艺伎呢。

这件小小事件里面,明显存在着一个东京和京都的语言差别。更恰当地说,应该说是语言表达中的文化差异。

---

①枕词:一种日语修辞法。

并非是京都女人不好,也并非是东京男人易怒。只不过是语言表达方法不同而已。

同样的例子数不胜数。

比如说,一个在东京长大的男人,去京都银行借钱。男人详细说明了自己的新项目,并提出融资几千万元的申请。

对此,融资负责人做了如下回答。

"真是很棒的项目啊!这样吧,给我们一周时间考虑一下吧。"

听此一言后,东京男人放下心来,一周后再次跑到银行,询问上次的事情怎么样了。

没想到银行负责人一副莫名其妙的表情,反应极其冷淡。一周前曾经那么好意相待,如今为何这么冷淡呢?东京男人对银行的出尔反尔十分愤怒,大叫:"京都人不讲信誉!"

但是,京都人却不会为此恼火。至少,懂得京都话的人只会对前来融资的男人感到吃惊,也不会诘责拒绝他的银行人员。

为什么呢?所谓"这样吧,给我们一周时间考虑一下吧。"这个说法,其实是"不能融资"的意思。因为清晰表达"不行"的话,会对不住对方。所以说"让我们考虑一下",来婉转拒绝。

人家这么用心良苦,却还要被说成"京都人不讲信誉",太受不了了。

这里也能明显地看出来语言表达的不同之处。

京都这片土地,是没有否定表达的。

各种时局下的当权者长年君临京都。为了维护自己的生活,不能违逆当权者,明确表明自己的反对或否定的意思是很危险的。

一方面表示暂且听取对方的意见的态度,一方面婉转否定。这就是在京都这个城市生活下去的智慧。

与此相比,关东地区则自由豁达,是一个可以直言不讳的地方。关东地区的武士集团一味考虑武勇和忠贞,没有必要去研究婉转表达的技术之类。

这个漫长历史的差异充分表现在语言方面。

不了解两者在语言表现上的不同,随便断言京都人不好,就很可能会犯下"不了解风俗习惯而批评对方行为"的类似错误。

# 伦敦与西部

表达京都话之不可理解方面,如今有一样比较出名,那就是"京都粗茶淡饭"一词。

来客闲谈之后,起身要走之际。

这时候,邀请客人来的主人进行挽留了:"再玩会儿吧,吃点儿粗茶淡饭……"对此,客人要表示客气:"不要了,您太客气了。"主人继续相劝,客人依然诚恳拒绝,然后告辞回家。

不过,其中也有受到邀请后,重新落座的人。人家连茶饭都给咱准备好了,就这么离开太失礼了。这么想倒也成立。于是就有人:"那么,就承您盛情,再稍微打扰一下……"

可是,<u>丝毫未见主人行动</u>。

岂止不见茶饭,对方连态度都突然冷淡下来了。最终还可能会背上一个坏名声:"真是一个不长眼神儿的人。"

只不过是遵从了对方的建议而已,为什么要被如此冷眼相看呢?

受到冷遇的客人被主人的忽冷忽热搞得又糊涂又愤慨。

这种时候,听从主人客套坐下来等茶饭的,关东人占绝对多数。至少在京都人当中,几乎没有接着落座的客人。

因为"吃点儿粗茶淡饭……"的本意只是分别时候的一个寒暄,只不过是一个礼节性的语言。

将此信以为真,并真心等着茶饭上来的人实在是脸皮太厚了。

然而,在关东人看来,既然说出"吃点儿粗茶淡饭"进行挽留,端出饭菜招待自然是应当的;若无意饭菜招待,从一开始就不应该热情邀请。

这种理解错位的原因,在于能否完全听懂对方的语言表达问题。

一般来说,语言在大都市的环境中长期孕育成长,越成熟越不见直接的表达方式,婉转表达的形式随着发展会越来越多。

这在否定语和命令式语言上表现得尤为清楚。

一般情况下,与京都话相比,关西方言更加直截了当;与关西方言相比,东京方言(准确来说是没有的,暂且算是接近标准语的语言吧)更加痛快淋漓。

比如说,在京都方言中,如前面所述,应该称之为否定语的表达方式几乎没有。受到讨厌的人邀请,也嫣然一笑:"非常感谢。"其诚恳的冷淡态度中表达了"不去"的意志。

假如某男感觉迟钝,继续追问:"那么,哪天何时可以呢?"对方也会若无其事地回答:"如果能跟您一起去的话,可就太好了。"

"如果能跟您一起去的话就好了,可是去不了。"本来应该这么说的,但是这话只说了上半部分,下面的意思请您琢磨。

当然,对语言钝感的人很难觉察到这层意思。不,总是从字面意思来正确理解的人,是无法连下面的意思也注意到的。

当然,对于这种人来说,京都话话里话外的意思太多,太难懂了。

同样,京都话里面表示命令和断定的表达形式极少。全都是婉转曲折的表达,一张口就话里有话。

比如,即便是命令表达里面,被认为是很强势的表达"请您……可以吗?"这个说法当中,也不是说"你要……"那样,而是更加稳妥、有内涵得多。使用"请您……可以吗？"的话,听起来就更加稳妥,比起命令表达,更加接近疑问表达。

但是,京都人也并非不使用命令表达。无论看似多么温柔的女性,该做时自会毅然决然地命令。

当然,因为没有"你要……"之类的表达,所以,使用"请您……可以吗？"注意加点字的语调。

换句话说,通过语气语调,传达了一种严肃认真的情绪。

在小说中表现京都话的难度就在于这方面。如果用文字来照实表达如发音那样的意思,就无法将语言的感觉传达出来。

换句话说,京都话可以说是一种声音比文字所占比例更大的语言。

只看字面的话,有时候即使看似很温和,但实际感觉要远远严肃得多。反之,字面即使很生硬,根据语音语调的不同,其表达方式也可以十分柔和。

这其间千变万化,比起所谓标准语,可以说是一种更灵活的语言。

当然,如果没有这么点儿灵活性的话,是无法在不使用明确的否定和命令表达情况下表示出各种各样的心情的。

令东京人感觉困惑的,是这里面微妙的差别。至少,只用语言表面的道理去理解语言的话,是会误解对方的真意的。

当然,这种婉转表达在关西方言中也以浓厚的色彩表现了出来。

比如说,在大阪经常能听到的"和……不一样吗"这个说法,很显然是一个断定式说法的灵活表达。

本来应该说"这是铅笔"的地方,改成"这不是铅笔吗",换成疑问式表达,避免断定说法的强势。这是大约有七八分明白对方是这么想的,但还是留有余地接受对方意见。

听到这样的语言,再次明白大阪是一个不断察言观色的商人城市。

但是,东京方言中也并不是没有这种说法。

作为其中的一个例子,可以举出"能……吗?"这个说法。

本该说成"这个,拿给我"的地方,改说成"这个,能拿给我吗?"这样的轻微的疑问形式。

确实,这样说的时候看似稍微考虑了对方的立场,命令语气就会柔和很多。

但是,说句实在话,我是不太喜欢这样的说法的。因为它虽然乍一看很柔和,但是实际上,却带有一种令对方无法说"不"的强加于人的强势。

虽说如此,这种说法是东京自以前就有的吗?因为我不是语言学者,所以不太了解具体的情况,但是感觉这种说法似乎是战后才出现的。

说起来,这可以说是东京方言的一种成熟,但是,比起这个说法,或许应该说成是最近的人们只注重表面化的温柔这一点表现在语言上的一个极端的例子吧。

此外,也有人把本来应该说成"是那样"或者"大概是那样"的地方,说成"难道不是那样吗?"或者像"和那不一样吗?"之类的与大阪方言同样的说法。

这些都是战后生活安定、风俗缓和同时出现的一种引人注目的现象,一种接近女性语言的表达。这个意义上讲,也许可以说语言的柔软化带来了语言的女性化。

不管怎么说,表达越是婉转,对于不同文化圈的人来说,就越是难懂。

这样的倾向在历史悠久的京都这样的城市的语言中,尤为突出。

以上所说的内容,前几天我跟一个常年居住在法国的朋友说起过,他也立即点头赞同。

法语当中也是这样。据说巴黎上流社会的语言最为柔和好听,而且,婉转表达很多。可要是去了乡下,好像越是老百姓,直接明快的说法越多。

我不太懂法语,所以无法进行实际确认,不过经他这么一说,倒真有那么一点儿感觉。

说起来有点儿唐突,我以前写乃木希典夫妇的事时,曾经得到拜读日俄两国交战之前彼此交换的外交文书的机会。

那是日俄两国从断交到开战前夕,在极其险恶状况下起草的电文,起首处写道:"敬爱的俄罗斯皇帝陛下。"当然,从俄罗斯发过来的电文上也写着:"敬爱的日本国皇帝陛下。"

外交文书好像通常都是用法语写的,大概这个表达正可以认为是法国式思考吧。

可是,即便如此,这个所谓的"敬爱的……"也太睁着眼说瞎话了。明明是在强硬地主张自己国家的权益,面对非常憎恶的对手,无论如何也不会认为这是发自真心的。

但是,正式场合就是这样的表达。

所谓的外交辞令经常就像这样说得好听。优雅的法语用来表达这样的口是心非,也许最为合适了吧。

比起这个法语,英语则是相当直接的语言了,然而英语中好像也有这种语言上的不同之处。

比如,在美国,东部的英语好像比西部的英语柔和优雅的表达更多。不过,据说,与这相比,大英帝国的标准英语里,优雅又婉转的表达更多。

这么说起来,印象当中,我年轻的时候看到过的西部剧里面,"YES"和"NO"的表达特别多,这大概也是因为从各地聚集而来的做着一攫千金美梦的无赖之徒太多的缘故吧。

有一次,我在京都玩过之后,直接飞到了札幌。

在京都祇园那里喝了点儿酒,心情大好,对一个艺伎低声私语道:"下次一起吃个饭吧?"照例,艺伎只是对我莞尔一笑:"非常感谢,我很高兴。"看来,仅靠一次邀请,"敌人"似乎并不当真。

第二天,我坐上白天的飞机飞到札幌,去了薄野,许是为了清除昨晚的郁闷,我向一个土生土长的北海道女孩搭话,谁知话还没说完,她便使劲儿摇头道:

"不行,今天可不行。"

搞得我呆若木鸡地盯着她。

何苦要这么清楚地一口回绝呢？同样是拒绝，就不能说得再稍微平和一点儿吗？比如说："虽然是很难得的机会，可是我稍微有点儿事儿……"或者说："非常抱歉，今天我母亲来了……"即使知道这是谎言，但是这样含蓄地说的话，我听起来也会有点儿面子。

当即回答"不行"，既不风趣，也不讨人喜欢。

因为有京都的对比在先，这个明快直接的表达是很有点儿冲击力的。

可是，只要这么清楚地表明态度，她就不会被误解。而明明不想见，却莞尔一笑说什么"非常感谢"的话，抱怨"京都女人太坏啦"也是徒劳。

只要是忠实于内心的表达，她就是正确的。可正因为是正确的，没有情调也是确实无法否认的。

人们从伦敦突然飞到西部，会感觉到迷茫也是可以理解的。

然而，这种直接表达很多的北海道人有的时候也会迷茫。

那都是十多年前的事情了。我的一位高中时代的朋友，去北海道北部的一所高中当了老师。有一天，一位以前学校的学生前来拜访他。

朋友认识他的模样,但是因为事出突然,便问道:"你有什么事儿吗?"只见那个青年人从口袋里掏出他来新学校赴任时的寒暄帖。

"因为收到了您给我的这个……"

贴上确实写着"路过附近时,请务必顺便光临"。

这么一来,北海道人也没有办法责怪京都人容易让人误会了。

不知不觉间,我们一边播撒着大把口是心非言不由衷的话,一边又对此应付自如地生活着。

## 过度出口的京都

不仅是在语言方面,在所有方面,京都和东京都形成鲜明对比。即使只往街头那么一站,二者也截然不同。京都古风古貌、封闭宁静,相比之下,东京活力四射、新鲜开放。

在东京,城市容颜瞬息万变,很多人只不过去国外待上个二三年,回来就会不知所措。说得好听点儿,这叫日新月异;说得不好听的话,让人对这样的城市很难涌起眷恋之情。

与此相比,京都城市的变化方式要远远稳健得多。

当然,它这里也有汽车增加、店面改装、周边景观发生变化,越发喧闹起来的一面。但这只不过是极少的一部分而已,整体市容并没有发生过多大的改变。

作为这种情况的背景,京都古寺很多,为了保护这些重要的文化财产,还制定了《古都保存法》。这个法律严格限制了建筑物的住宅化和高层化。

最近,因为京都交通状况连年恶化,令人叫苦不迭。后来总算开始考虑建地铁了。

然而,一旦进入动工阶段,各种各样的重要文化遗产从地下冒出来,工程似乎很难如原来预想的那样顺利进行。

地下都是如此模样,地上就更加难以改变了。即使能得到地区居民的同意,也不可能让高速公路穿行于大名远播的寺庙、神社旁边。仅仅扩张一条道路,就会给各种各样的文化财产带来影响。

这么说来,京都这个城市与其说是无法改变,不如说是想改变也改变不了。

这事儿自是理所当然的,它不仅对城市的市容,对人们的性情也很有影响。

城市本身不变,住在那里的人们自然也不变。如此一来,人们之间的人情往来和生活习惯也难以改变。

作为其中的典型事例,可以举出西阵和祇园这两个例子。

这个地区已经长达一百多年,这期间,居住在这里的人们基本固定。对门住的是谁家,他们的邻居是谁,一代一代下来,彼此都互相熟悉。

即使其中的一家倒闭了,断了后嗣,后继的也还是和那个地区有关系的人。

即便是像祇园那样霓虹闪亮、人来人往熙熙攘攘的地方,扎根在这里生活的人们也基本固定。大楼和酒吧的居住者也许会有变化,而茶屋和艺伎住宿处的主人却很少变化。

实际上,茶屋的主人即便是想卖房子,也并不是卖给谁都可以。能买的也只限于拥有祇园街道执照的人。所以说祇园街的店一半是自己的,一半是祇园这条街的。

与此相比,东京和其他城市是自由的。拥有土地的人,卖给谁都没有关系。说得极端一点儿,就是在小学前面拥有土地的土地主人将土地卖给色情洗浴店都可以。

居住的人变了,市容就会变化;市容变化了,人情世故和生活习惯就会变化,这是自然之理。这个意义上讲,东京是一座日夜流转变动的城市,京都是一座停滞于一点的城市。

如果城市可以分为开放的城市和封闭的城市的话,东京和札幌正是开放的城市。

东京这座城市有北到北海道,南到冲绳,来自全国各地的人。单说食物,就从北海道料理到冲绳料理应有尽有。

东京是一种新型殖民地,是日本整体的缩略图。之所以有如此说法,正是因为这个原因,东京吞噬了日本所有的东西,地位不可撼动。

这如果用动物的器官来比喻的话,东京就像是杂食动物强健的胃。与此相对,京都则是一个只能接受清淡味道、非常挑食的胃。如果往这个胃里装入油腻的肉食和没见过的鱼类,马上就会引起腹泻和呕吐之类的大骚动。

经常听人说,京都是一个很难居住的地方。这样说的人,不必说,都是从别的地方移居京都的人。

当然,这跟京都人的好坏是没有关系的。更重要的是,京都有其特有的人情世故和生活习惯,并且已经根深蒂固。来自其他地方的人恐怕很难习惯。

单单作为普通居民居住此地就已经如此有难度了,从其他地方来京都做买卖的话就更加艰难了。

我的一个熟人,是一位在东京经营着一家很大的高级饭庄的老板娘[1]。

她十五年前在京都开分店时,曾经遭到过很多人的反对。

"京都是一个很难做买卖的地方。特别是外地人去做买卖就更难了。与其在那样的地方受苦,还不如再在东京开一家分店呢。"

但是,那位老板娘却毅然决然地在京都开了分店。

其一,在京都开一家纯粹的和式料理店原本就是她多年的夙愿。其二,她想在京都这片土地上住一住试试。

结果她不顾周围人的反对,事业大举成功,如今依然生意兴隆。客人也不仅仅是东京人,关西的客人好像也很多。

可是实话实说,并没有多少京都人光顾,即使有,大部分也都是从外地移居京都的半京都人。

"怎么说呢,肯定要受一番辛苦的,也被风言风语地说了不少坏话。但是,我已经做到现在这一步了,已经没有问题了。"

正如老板娘自信满满地说的那样,店也开得非常棒。不过若说京都人打心底里认可这个店,那就奇了怪了。

---

[1]老板娘:日语中有"女将、ママ"两种不同表达。通常料理店或茶屋的女主人称为"女将",而俱乐部或其他日式酒吧等新式场所的女主人称为"ママ"。本文为了区分这两个词语,将前者译为"老板娘",后者译为"女老板"。注意:艺馆的老板娘日语中也被称为"ママ",本文译为"妈妈"。后面会出现。

证据之一,是往那个店里邀请艺伎的话,她们会摆出一副佯作不知的样子。其中也有人会说:"给您推荐其他的店怎么样啊……"暗中反对去那个店。

除这个店之外,我还知道一家,也是京都以外出身的人开的高级饭庄。

他们在这边进入料理行会时,曾经被各种挑剔,或是会刊没有送过来,等等,受到过许多故意惹人生气的对待。

"最近,好像总算认可我们了,即便是认可,也还是稍有点儿差别对待的。"老板娘无奈地苦笑道。

确实,在京都,京都以外的人在这里做买卖的例子极少。

当然,也并不是说现在在京都做买卖的所有人都是京都人。滋贺、大阪和奈良等近畿一带出身的人好像也不少。不过,这些人都是从上一代,上上代就开始定居京都的,所谓的准京都人。

我之所以这样说,是因为有一些买卖人与这些人不同,他们是最近刚刚从东京、东北和九州等地方,忽而来到京都开始在这里做买卖的。这些人都同样地感觉到了工作难以展开。在这里经过一番苦战恶斗之后,多以失败告退。

曾经听到过纪伊国屋书店有名的经营主田边茂一先生感

叹道:

"东京自然没问题,在大阪和札幌我们也连续开了不少分店。可是,在日本只有两个地方是开不了店的。那就是京都和名古屋啦。"

就连大名鼎鼎的纪伊国屋都难以进军京都和名古屋。

即使他们资金充沛,要么没有适当的土地,要么人家有合适的地方也不卖给东京的金主。再加上,京都各个书店虽然不大,但是作为专卖店的地位却是坚不可摧,并不需要什么大型书店。这些大概都是难以进军京都的原因吧。

不过,比这些更为重要的一个原因,是即便东京的大资本打着书籍超市大旗,载歌载舞大张旗鼓地开业,如果没有客人前来捧场,买卖也就毫无办法进行。

也许您会觉得:"不会这么夸张吧?"但是京都人就是不会轻易允许外地人来开店,不会随便往这里砸钱。

即使客观地来看,京都人对待本地以外的资本也十分冷淡。

进咖啡店喝点儿东西,也都要确认一下那是哪里人开的店,若非本地人开的,可能就会敬而远之。本地人之间,也许会有本地人的龃龉反目,然而一旦到了面对外地人的情况下,就会十分团结地一致对外。

不过,对待外地人如此不留情面的京都人,却能够轻而易举地进军外地。

比如说,东京至少就能数出十几家主要以京都料理为主的饭店。

这些店都生意兴隆,没有什么让人觉得来到东京,买卖难做的样子。岂止没有,反而让人感觉他们以"来自京都"为卖点,买卖做得快意至极。

实际上,住在东京的人们一说:"这边刚刚新开了一家京都料理店,去尝尝吧。"大家就会不请自来蜂拥而至。

岂止不会把他们当外地人进行排斥,反而会心怀憧憬与好奇,主动接近。

即使饭菜有点儿不美味,价格稍微高一点儿,也会因为是京都人开的店,而得到理解和宽容。

说这是老好人表现也无法否认,不过,其背后隐藏的似乎是对于京都潜在的自卑感。

银座的俱乐部里就能看到很好的例证。问一个女服务员:"你是哪里人?"对方如果回答:"我是京都人。"客人的眼神立刻就会发生变化。大部分人会十分感佩地点头轻叹:"原来这样啊,是京都美人啊。"

即使脑瓜儿稍稍不那么灵活,也会从其他地方发现些优点,极力称赞:皮肤白皙啦、动作落落大方啦……如果再加上,说点儿京都话的话,效果就加倍了。仿佛去了趟祇园一样。有的客人甚至一高兴给很多小费。

即便不是京都市里出身,只是京都周边地区出身,或者在京都住过一阵,只要自报家门:"我从京都来的……"便会从客人那里博得诸多人气。

这如果再加上一句:"我曾经在祇园做过舞伎……"那就更不得了了。客人就会用憧憬的眼神看她,并吹嘘道:"本人可是跟一个做过舞伎的女孩子交往过的。"

这样的女性若是开一个酒吧什么的,宾客一定会是熙来攘往、门庭若市,大家都会争着来看曾经做过舞伎的老板娘吧。

东京都是这样了,札幌等地就更会引起一场大骚动了。

若穿上和服,操一口流利的京都话,那么,即便价格倍高,也会有"老好人"每晚都来。

确实,日本人对"京都"这个词太没有抵抗力了。从京都观光到京都人开的酒吧，全国各地的人们为京都砸出的金钱无数。

但是，京都人虽然会从京都以外的人开的店里吸收资金，却几乎不会往这些地方花钱。

总而言之，京都这边只会往外出口劳务赚钱，而不会往里进口什么花钱的。一直是出口黑字，进口赤字。东京则是连续单向进口的出口赤字。这如果放在国际贸易收支上，就是一个大问题了。但是放在日本国内，大家却都睁一只眼闭一只眼，甚至反而乐在其中，这也是一个有趣之处了。

三

## 京都的花街

现在的日本国内,大约有多少个"花街"呢?

有一项调查显示,据说有四百五十处左右。具体数目不清楚,大概是有这么多吧。

当然,对于年轻人来说,也许"花街"这个词本身就不太耳熟。

明知庸俗,我也在此冒昧解释一下,所谓花街、花柳界,是自古以来艺伎和娼妓们聚集场所的总称。这里有艺伎们居住的下处,有客人们前来玩乐的茶屋(专供招女游乐的酒馆),以及专门提供饭菜的料理店等。

最近虽然不太听说了,还有一个称为"三业地①"的词语。它指

---

① 三业地:现多称为"艺馆",类似于管理艺伎的事务所。本文按照原文说法译为:三业公会事务所。

的是三种行业营业的地方,和花街基本上是同一个意思。

这个花街里一定会有一个三业公会事务所,这里统管着所有从业的艺伎,并在艺伎、茶屋和料理店之间牵线搭桥,说起来就像是一个联络事务所那样的地方。

据说它的起点是在安永年间(一七七零年),当时是在吉原,为了取缔艺伎的色情买卖而设立,这是三业公会事务所的开始。也有一个说法,认为这里是监管艺伎的场所,故而使用了"三业监管所"字样。

虽说全国残存四百五十处花街,其实态却是各不相同,正是鱼龙混杂状态。当然,艺伎的水平也与之相应,一样鱼龙混杂。

一说到艺伎,可能很多人会马上想起来温泉艺伎。这算是鱼龙混杂中低水平的"鱼"了。她们可以出席宴会,酌酒倒茶,唱个小曲,还可以应客人要求提供身体服务。这样一来,所谓艺伎就有名无实了,她实际上就和色情陪酒女没什么两样了。

所谓艺伎,名副其实,还是有艺在身为第一条件。而且这些"艺"主要是指能在宴会上进行展示的舞蹈(日本舞)、三味线[①]、手

---

[①]三味线:日本传统弦乐器。

鼓、大鼓、谣曲等等。

也许有人主张床上行为也算是一门艺术,但是这并不能称之为艺术。

还有一个希望您不要误解的问题,并不是温泉地区的艺伎都是所谓的温泉艺伎。在历史悠久的温泉地带,有几条曾经繁荣一时的花街,这里面也有真正才艺了得的真艺伎。

而温泉艺伎之类奇怪的名声的远播是因为客人比起艺伎的才艺,更直截了当地去追求身体了。

即是说,艺伎质量的下降与客人质量的下降不无关系。

在这样的风潮当中,依然有几条花街严守传统风格,以才艺为先。

其中作为龙头水平之一的,可以举出京都的祗园①。在这里,一直保持着一百个艺伎和二十五个舞伎的态势。

之所以写成"保持……的态势"这种奇怪的表达方式,是因为并非这些人平时一直都会出现在宴会上。其中也有人上了年

---

① 祗园:此处指祗园甲部,由北面的新桥通,到南面的建仁寺通,西面的大和大路(绳手)通,到东面的东大路通所围起来的区域,是八坂神社门前的繁华地带。祗园甲部歌舞练场每年春季会演出"都之舞",秋季会举办"温习会"。其舞蹈属于京舞井上流。特别是"都舞",已经拥有140多年的历史。

纪,经常休息,也有人有了自己的店,以自己店里的工作为工作重心了。

但是,基本上都是能按照规定那样,花名册上的艺伎是可以去茶屋随叫随到的。

这种一流的花街当然不只祇园才有。

京都还有其他的先斗町、上七轩①等。东京则有新桥、柳桥、神乐坂、赤坂等。大阪则有北方的新地。另外,名古屋、金泽等地方城市也都有几条金声玉振、芳名远播的艺伎花街。

之所以在这么多艺伎名所中举出祇园,是因为我觉得这条花街在现在的日本国内,无论从形式规模,还是知名度等方面来考虑,都是名列榜首的。

当然,其他花街也各自有其精彩绝伦之处,但是这么大规模,又能留下旧日形态的地方并不多见。

这个讲法,存在舞伎这点就可以说明。

---

①先斗町、上七轩:位于京都市内被称为"KAGAI"的五条花街祇园甲部、宫川町、先斗町、上七轩、祇园东被统称为"五花街"。虽然五花街都有舞伎、艺伎、艺馆和茶屋,但是其历史与形成的经过各不相同。

本来舞伎是相对于艺伎而言的,它指的是跳舞给宴会助兴的年轻女孩。人们常说,技艺和礼仪作法越在年轻的时候训练越好。花街自古以来就有未成年少女出席宴会,这些叫"小酌"或"半玉"①。

舞伎也是同一回事。不过这个叫法只有祇园才有。

各个花街的技艺自古就有其各自的流派,祇园舞蹈当然是井上流一派。这个井上流正是所谓的宴会舞蹈,与其他流派相比,它的动作十分沉稳,不说"跳"而说"舞"。

因为舞的是这种舞蹈,故而产生了"舞伎"这个词语。

"舞伎""半玉""小酌",虽然称呼各种各样,但都指的是十五岁到二十岁的女孩子,是作为艺伎独立之前的见习生。

然而,最近这种年轻女孩子少之又少。神乐坂仅有一人,至新桥、赤坂则了等于无。修行特别严厉,收入又太少,几乎没有年轻的女孩子会主动往这样的工作上扑。

---

①小酌:也可译为"酌酒女"。半玉:也可译为"雏伎"。"小酌""半玉"称呼虽有不同,都是指尚未独立成艺伎的年轻的女孩。祇园称为"舞伎"。要想成为舞伎,首先要入住艺馆,成为"杂役",一边担任姐姐的助手,一边学习艺馆的生活、花街的规矩以及舞蹈等艺能。各花街都有各自学习日本舞及三味线等必要艺能的场所,祇园甲部有八坂女红场。

在这样的状况下,只有祇园是个特例,目前有二十五名舞伎。

舞伎是在初中毕业或高中中途退学年纪的女孩子,她们先进入祇园的一个女红场(教习技艺的学校),一边在这里学习基础课程和技艺,一边参加酒宴,在二十岁前后换襟成才。

这个"换襟成才"指的是从舞伎成长为艺伎,在其展示才艺时,会将和服里面衣服的领子颜色改换,故有此名。虽然多少有些差异,但现在基本上都是在二十岁前后换襟,以此为契机成为正式的艺伎独立,故也有叫"独立成才"的。

当长到"独立成才"之际,需有一位适当的老爷(资助者)跟上,这叫"抽水"[①]。

带着我的一位朋友 T 去祇园玩乐时,他听到这个词语感觉不可思议,问艺伎道:"姑娘,你家现在还在用水泵吗?"惹得众人哄堂大笑。

以前的水泵经常发生水抽不上来,需要加上点儿启动水,才能抽上来水的情况。

---

①抽水:有一语双关意,又称为"梳拢"仪式,是过去与"换襟"仪式同行的一种仪式。没有男女经验的舞伎在变身艺伎的同时,也委身于资助的老爷(旦那),从少女一夜之间成长为女人。

一本正经的T是想起了那样的情景才如此询问的,可是这里的"抽水"却和水泵八竿子打不着。

半玉和舞伎与老爷共度的初夜为何要叫"抽水"呢？我孤陋寡闻不太了解。当然,这种词的来源在词典和百科辞典上也不会找到。

下面不过是我个人的任意想象。是因为年轻女人受到了老练男人的引导,私处水润滑顺之故呢？还是女人从此尝到了男人的滋味,身体变得滋润娇嫩了呢？总感觉这个词是意有所指,不能明确道破正是其有趣之处。

过去,在半玉和舞伎快长到二十岁的时候,一定要请一位老爷抽水的。不,也许应该说是不得不这么做吧。

这个时候,由谁来做这事儿,是会因此带来一场悲剧或喜剧的。当然可以理解,如果是喜欢的男人的话,会心甘情愿地奉献出自己的身体。而如果对方是自己不喜欢的人的话,就很难征得同意。

然而,老爷是由艺伎下处的"妈妈"各种盘算合计,看准了此人不会有错的基础上选定的,未必与舞伎本人的希望一致。

这种情况下,舞伎虽万般不甘,也只得曲意逢迎,将身体奉献出来。有的时候,还会因此发生悲愤交加、自杀身亡的悲剧。

不过现在是不可能发生这样的悲剧了。实际上,如果现在还强制这种事情的话,恐怕就没有人肯当舞伎了。

以前时代是老爷选舞伎,而当今时代则是舞伎选老爷了。不管艺伎下处的"妈妈"怎么说,只要姑娘来上一句:"人家不愿意。"这事儿就没辙了。

当然,最近好像也很少有人去当资助老爷。

当了资助人,就可以把年轻的艺伎当成自己的情人一般了,这当然不错,可是,这又要付出相应的金钱代价。

首先,举行换襟仪式的演出会时就要花费巨额金钱,那之后,每个月都要拿出相当金额的零花钱。还有,每次艺伎舞蹈会和技艺发表会时,都要定做漂亮的和服,甚至有时还不得不出资资助艺伎开个店什么的。

列位可以参考拙作《化身》中的主人公的开销金额,至少对这个额度做到心中有数。

这么一来,想做出资老爷也是没有那么轻易就能做得了的。

特别是最近,来祇园玩乐的人大部分都是办公司业务的人。所谓的工薪社长和董事。他们虽然有一定用来招待吃喝的交际费,个人却没有钱。所以,一到公司以外的玩乐,手头立马就艰涩了。

与现在的情况相比,以前的人都很有钱。在一流的花街里,满屋子漫撒远比现在段位高得多的高额纸币或者其他价格昂贵的东西等等,举行盛宴时让艺伎们大把抢抓钞票的场面屡见不鲜。小费等赏赐之类也很大方,前来酒宴助兴的艺伎们就不必说了,就连女招待员甚至看管鞋子的大爷也都打点到位。

从这些来看,现在的玩乐规模变得小多了,大肆撒钱的傻事儿也几乎没有人做了。

当然,虽说如此,也不能说现在的客人们小气。

不再有这种优雅的玩乐的最大原因就是现在的收税制度。

现在的对于个人所得所征收的累进课税制度太疯狂了。如果你有一亿日元,就会有接近八成的八千万日元左右会被征税拿去。

这种情况下,个人再怎么努力工作也没有什么意义。干得再多也就像在为税务所工作一样。

像这样,有一定程度收入的人,再也不想干得更多了。即使有人曾经勤劳肯干,这样的情况下也会变得依附公司组织,所得收入列入公司,他本人也化身公司员工,利用公司的钱吃喝玩乐起来。

总而言之,个人性质的有钱人不再有,大家尽是为公司办事的上班族。

既然是为公司办事,那么发票是必要的。就连付给看鞋子的大爷的小费都恨不得想要发票了。这么一来,就不再有人玩得那么潇洒大方了,用自己口袋里的钱去帮助他人,或者养护他人的人也就不见了。

在以前的明治和大正时期,中央和地方的有钱人们会主动资助自己看好的前途有望的苦学生或者艺术家。从教育到生活等各个方面对他们提供援助,成为他们的资助者。跑到这些人面前,自己需要的合理的费用就会得到他们一定的赠予。

野口英世和藤田嗣治也都是在这些人的帮助下成为大才的人物。那个声名显赫的米开朗基罗也是有罗马教皇这个资助人才得以成功的。

本来,学问或者艺术之类的东西,其自身并不能挣饭吃,通常说来经常是需要一个资助人的。

花街传统的技艺和日本式习俗也只有这种资助人存在才能得以成立。所谓的潇洒啦、气派啦、真正的玩心啦之类的东西也是通过这样的东西才孕育起来的。

可是,如今的花街里,为公司办事的工薪族横行,已经化身为他们工作洽谈和接待客户的场所,很少有人只是为了个人的玩乐而来了。

这样的情况下，原本发起自纯粹的玩乐之心的花街的一些传统的东西，接二连三地颓废下去也是理所当然的了。

当然，最近也几乎没有去做"抽水"资助者那么醉狂的"好事"之人了。

就这样，舞伎们也不得不自己出钱独立了。在她们留意着身边有没有合适的资助人的过程中，岁月匆匆而过，转眼就到了二十岁年纪。也不能一直只当舞伎啊，于是她们只得背负着沉重的债务举行换襟仪式了。

当然，这些借来的钱是必须要还的，所以在她们成为艺伎之后，就不得不拼命工作，赚取客人不菲的酬金了。

形势如此紧迫，算计之心尽露于言表，文静大方的表现终将逐渐消失。

因为日本收税世界第一高而暗自泣下的不只是有钱人，表面看似华丽的艺伎和舞伎也是一样的。而且，这个恶果转来转去，最终会带来日本传统的艺术和文化的破坏。

很多老百姓一听到有钱人，就不分青红皂白地排斥，殊不知，也有很多文化艺术是靠着有钱人的支撑而存活下来的。

## 夹着落叶的付款通知书

每个月,我的手头上都会收到几封付款通知书。

从银座的酒吧到住宿酒店的西餐厅,继而到料理店、烤肉店等等,它们来自各种不同的地方。

内容也是五花八门。有的上面只写着金额,也有的附有极尽详细的明细单,就连一瓶啤酒也都有明确记录。

在收到的那么多付款通知书中,令我印象最为深刻的,是位于京都先斗町的一家叫"大西"的料理店寄来的。

这边寄过来的付款通知中,除了就餐费用和艺伎的酬谢金等明细之外,还会有老板娘亲手写的简短信笺。时间若是春天,上面就会写着"眼看又到跳鸭川舞①的季节了,年轻的舞伎们也都干劲儿满满,若能莅临指导,深感荣幸。"时间若是夏天,上面就会写:"酷暑依然不断,您一向可好?马上到'大'字形篝火节的时节了,欢迎您光临敝处赏夜纳凉。"基本上就是这样的感觉。

说句实在话,字虽然写得没那么漂亮,但是老板娘的性格本身却是一字一句非常诚恳地记录下来了。

本来嘛,收到付款通知单并不是一件令人愉快的事情。也许有点儿任性,去酒吧里玩过之后,不到一个周就有印着店名的信封寄过来,真的很烦。不知道这次又要付多少钱,都害怕拆开看。

这样的时候,如果付款通知单的旁边,能有店里老板娘手写的一点儿信息,心情就会缓和很多。让人明白该店不只是让负责财务的员工机械地写上了金额,而是在老板娘确认了账单之后寄过来的,如此才能放下心来。

与此相比,不管怎么罗列美辞丽句,印刷出来的文字总是让人

---

①鸭川舞:鸭川舞的表演地为先斗町练舞场,它是京都五处专供歌舞伎演出的歌舞练场之一,位于鸭川西侧。先斗町练舞场建成于1902年,"修建资金是从艺伎的工资中统一划扣的。歌舞练场的第一层是庞大的观众厅,更衣室和教室都安排在楼上,地下室则是艺伎协会的办公室。修建歌舞练场的初衷是为了给鸭川踊表演提供场地,但是在拥挤的先斗町花街,歌舞练场是当时最宽敞的建筑,所以这里很快就变成了各种社会活动的中心地带。唱歌、舞蹈、三味线、击鼓的课程全都在这里进行"。

觉得了无生趣。无论是在多么漂亮的纸上写着多么动人的话,一目了然,那也是只是文字,是没有情感的东西。

至少加上一句"您还好吗"也好,单是这么一句话,让人看到上面写着老板娘的字也会感到安心。

这么一说,也许有很多人会露怯了:"我写字很难看的……"

但是这种情况下,写字好看难看并没有关系。实际上,比起过于漂亮的字,字稍微难看一点儿也不错。有的时候有个别错别字或漏字也不要紧。

一想到对方字写得没那么好看,却在拼命地给自己写点儿什么,就会觉得更加亲切了。

也许给付款通知单的前面加上一个"雅致的"这样的形容词会有点儿奇怪,不过有一年秋天,从"大西"的老板娘那里收到的付款通知确实是非常雅致,比之前任何一封都雅致。

依然是装在一个淡灰色的信封里。割开封皮,展开折叠整齐的和纸,里面露出两枚红叶。

"您还是一如既往一切都好吧?今天早上,我打扫院子的时候,发现了两枚形状很漂亮的红叶,所以就给您一起寄过去了。期待您的再次光临。"

白色和纸上的红叶十分鲜艳,浸润入目。

看着看着,我的脑海里浮现出寂静无声的院子里,正在悄悄地收集落叶的老板娘的身影。

她大概至少已有五十岁了吧?总是穿着稳重的和服,将一半头发卷起来,以清清爽爽的姿态优雅地端坐在那儿。正像地道的茶屋的老板娘那样,经常是让艺伎们在台面上露脸,自己则在房间的角落里控场。

也许她以前曾经有过自己喜欢的人吧,听说有一个亲生的孩子。不过后来和孩子分开居住,一个人过日子已经很长时间了。她有着京都女人特有的白皙和圆润,只是表情里总有一种说不出的凄婉。

就是这个人,把早上从院子里拾起来的红叶寄给了我。

一瞬间,我忘记了手里拿的是付款通知书。尽管上面清楚地写明了我前些日子在那里玩乐所产生的花费,但我忘掉了这些,心情缱绻,仿佛从老板娘那里收到了一封有些娇媚的信件。

虽是落叶,直接扔掉却感觉可惜,于是再次用和纸将它夹起来放进了信封里,只把付款通知单交给了家人。

不可思议的是,付款通知书也有可爱的和可憎的之分。

哪一个可爱呢?这虽然无法轻易断言,但也并非是从价格的贵贱、金额的大小来判断。较之这些,能从付款通知书上感觉到一种在拼命努力做的气氛才是好的。而且,能让人从中联想到老板娘和她的店的影像才好。

只写上付款金额,其他索然无味,给人一种付款是理所当然的感觉,这样的付款通知书只看上一眼就令人心生厌倦。

自然,收到这样的付款通知书,付款时间也会往后安排。

不用说,夹着红叶的"大西"的付款单是最早被支付的。

那之后我有事去了趟札幌。在薄野喝酒期间,说起来这个付款通知书的事儿。

"反正是要寄过来的,除了金额,再简短地写上点儿别的什么就好了嘛。"

听了这话陪酒女们都点头称是,只有女老板歪头质疑:

"但是,付款通知单都是交给会计做的,而且一个一个地写起来很麻烦啊。"

"只写上一句'别来无恙'也好啊!"

"那样的话,那不是大家都成了一样的了吗?那跟印刷出来的还有什么差别?"

"不,是不同的。"

重要的是老板娘在一个一个的付款通知单上用自己的笔迹写上字这件事,而不是内容的问题。我又给她们说了"大西"的付款通知单。

"里面夹了两枚红叶,实在很雅致。"

那些女子一听都笑了,只有女老板有些生气地说:

"话虽那么说,落叶可是不花钱的吧?"

一瞬间,我哑然失声,直盯着女老板的脸看。

这位女老板虽然身材较高,但体型苗条,容颜端丽,长相说是女演员都没有问题。如果单从姿色漂亮这一点儿来看,也许会在"大西"的老板娘之上吧。

但是她的说话方式却是那么直截了当、大煞风景。

我为她如此直接的说话方式而感到震惊,同时也深深体会到京都与札幌的不同。不,更准确地说,或许应该说是京都与札幌的文化落差吧。

也许,正如薄野的女老板所说,落叶的确是免费的。去院子里或者公园里捡一捡,想要多少都有。把这样的东西拿两枚放进信封里,还不是小菜一碟吗?或许她是想这么说吧。

但是,我所感动的,并不是落叶是不是免费这件事,不,也可以这么说:正因为它是免费的,所以才有价值。

如果付款通知书里面放的是有点儿值钱的东西,那么接收人的心情就会大为不同。比如说,如果里面放的是一张一千日元或者两千日元的商品券的话,接收人的心情就会稍有凝重。就会不断揣度对方的想法:为什么要在付款通知书里面放进这样的东西呢?也许有人甚至会在心里打鼓:是不是连这张商品券的钱都含在付款通知书里一起付呢?

不过是个付款请求而已,因此给对方增加额外的心理负担,我个人觉得不太可取。至少很难说这是一种潇洒的做法。我这么一说,女老板依然是一副不满的神情,低声嘟哝道:

"京都人真会做买卖啊。可不能被他们这样的做法欺骗了。"

也许诚如这位女老板所言,京都人很善于做买卖。与所谓的大阪商法不同,他们很大一部分是通过高价销售自己来获得利益。

即便是这次的落叶做法,将落叶和付款通知书一起寄过来会让对方心里感觉温暖这一点,或许也是在计算之内的。虽然我个人并不是这样认为的,但是往坏里考虑的话,似乎也可以这么想。

然而,即便果真是这样,将落叶放进去也并非是那么容易的一件事。在将落叶一枚一枚拾起来放进信封这个行为的过程当中,应该是潜藏着一种仅靠金钱欲望难以做到的,更为纯粹的东西。

"可不能被他们这样的做法欺骗了。"这边的女老板虽然如此说,但是即便果真是这样,我心理上也倾向于宁可被这样的东西欺骗。这不只是我个人的感受,也许是所有男人怀有的共同想法。

"如果落叶那么好的话,我们店也做做试试?"

女老板虽是如此说了,可我至今也没有收到从薄野寄过来的里面装着落叶的付款通知书。

是她虽然当时想过尝试一下,但终嫌麻烦而放弃了呢?还是觉得送这样的免费的东西会被顾客耻笑而没好意思送呢?不管是哪种情况,只让我深深感觉到这件事情正表现出了京都文化和札幌文化的不同。或者应该说是具有几千年悠久传统的京都和只有短暂历史的新兴城市之间的差异吧。

落叶是不花钱的也好,它自身没有任何价值也好,京都人会做买卖也好,不要被落叶之类的东西糊弄也好,这些都是对的。仅限于从这一点来看的话,薄野的女老板所讲的一点不错。

然而，即使不错，这个想法也太过正确、合理。太过简单易懂，太没劲儿了。

可惜的是，"情趣"这个东西，是潜身在有些许不明确，稍稍暧昧的地方的。

语言行为过于明确的话，难得的情趣就会消失殆尽。虽然多少有点儿不够清晰，但是好像就隐藏在这周边，在触手探索的感觉中，就产生了情趣这样的东西。

不管幸与不幸，札幌这座城市是缺乏那种富于暧昧情趣氛围的。也不得不说，正是这样的城市趣味，给薄野的女老板的思维方式带来了影响。

当然，我所遇到的薄野的女老板并不是所有的札幌酒吧的女老板，"大西"的老板娘也并不能代表京都的所有老板娘。札幌也有京都风格的女性，京都也有札幌式的女性。

但是，所有的女老板和老板娘都住在各自的城市里，用自己的身心，而不是道理，去继承了那座城市的文化和传统，这也是一个确凿无疑的事情。

当然，我并无意在这里说这边的女老板和那边的老板娘谁好谁坏。她们各自都是在用自己的信念和做法守护着自己的店。

只有一点可以清楚地说明白：京都曾经有一家给我寄来了一封夹着落叶的付款通知书的店。

我用"曾经有……"这个过去的表达方式是因为那之后不久，"大西"的老板娘用刀刺进自己的胸口，自杀身亡了。

亲戚朋友中也没有人能想到什么特别的理由，又没有债务，实在死得蹊跷。据医生推测，大概是五十五岁以上女性经常会得的抑郁症所致。

我只是个店里的顾客而已，当然无法明白她自杀的真正原因是什么。一定要问我的话，我会这样回答：

"也许是对自己要求太过严格，活得太中规中矩，某天夜里忽然感觉活下去太空虚了吧。"

不管怎么说，在付款通知书里放进红叶寄过来这么有情调的店，在京都好像也越来越少了吧。

## 能力工资和经验工资

一写出来"艺伎酒会玩乐"就有点儿古香古色的感觉,听上去像是老年人的玩乐。

实际上也的确这样,在艺伎酒会上玩乐的年纪大的人占了压倒性的大多数,这么想也是情理之中的。

以我之见,在艺伎酒会上玩的客人以六十岁到七十岁为中心,平均年龄在六十五岁左右居多。

与此相比较,银座的玩家则要年轻个十岁到十五岁。在最近新兴的俱乐部里,很多地方都是以四十多岁的客人为中心了。

客人年轻的话,女老板和陪酒女也就年轻化了。

一般来说,银座的女老板鼎盛时期是在三十多岁,超过四十岁的话,年龄就有点儿显眼了。若到了五十多岁,别人看着都觉得看不下去了。

但是,料理店和茶屋的老板娘则是三十多岁太过年轻,四十岁到五十岁才是鼎盛时期,即使年过六旬,也会因为经验派头十足反而越发显得沉稳大气。

最近流行一流俱乐部的女老板转行开料理店的趋势,不能不说这是延长自己作为老板娘寿命的一种对策。

如果是俱乐部的女老板,那么基本上在四十多岁就走到尽头了,而若是料理店的老板娘的话,即便是五十岁或过了六十岁也不为过。

这一点在女演员身上也可以讲得通。在电视和电影里能演主角的时间撑死也顶多到四十五岁以前,而要是在舞台上表演的话,从五十多岁到六十多岁都可以,甚至有些人能演到七十多岁。

杉村春子女士和山田五十铃女士都是这样的好例子。

因此,有计划性的女演员,从四十岁左右开始,都会积极地参加舞台演出,来延长自己的女演员寿命。这是因为比起影像,舞台更容易模糊年龄,同时,也更需要丰富的人生经验和作为剧团团长的威严。

若是在俱乐部里,客人和女老板都年轻的话,陪酒女的年龄也自然就变得年轻。

陪酒女最好的年龄大概是多少岁呢?

只是从年轻这个角度讲的话,大概是二十二三岁吧。但是如果将话题的丰富性和待客技巧成熟这些因素也包含在内的话,也许三十岁前后才是顶峰。到了这个年龄,既美丽又有魅力,简直正可以说是女人的顶峰,如此说也毫不为过。

所谓各个俱乐部的头号陪酒女基本上大多是在这个年龄段,继而更进一步成为女老板。

如果能成为银座顶级级别的俱乐部陪酒女,一天就能稳拿七八万日元的收入,一个月可以轻松超过百万日元收入。

但是,俱乐部的可怕之处在于,并非成了店里的头号就可以高枕无忧了。对自己的脸蛋和手腕自信满满的陪酒女们各不相让,都在虎视眈眈地伺机夺过来头号的位子。稍有疏忽,或者缺勤几天,就会被其他的陪酒女夺去客人。

即使是昨天刚刚进店的陪酒女,如果她足够年轻漂亮的话,很快就会成为闪亮的明星。

当然,虽说是陪酒女,也并不是只要年轻漂亮就可以的。在此基础上还要脑瓜子灵活,会察言观色会看人。性格也要开朗活泼,而且要不服输,有一颗励志向上的心才行。

这些情况在任何一个公司也都是一样的,能在银座掌控一流俱乐部的人都是相当聪明敏锐之人。

年轻、漂亮、聪明,这三个要素都具备的话,客人就会猛增,人气就会飙升,很快就会得到高工资,扶摇直上登上霸主地位。

相反,如果年老色衰,又失去干劲儿,人气就会一落千丈,工资也会大打折扣。

这么看来,陪酒女的世界,简直就可以说是一个弱肉强食的世界。

与陪酒女的世界相比,艺伎的世界则远远保守得多,也相对稳定。不会像银座那样,昨天才刚刚进店,一时半霎眼瞅着就成了店里的头号了。

其首要原因在于:艺伎的世界里,首先最重要的是技艺的高低。无论是多么年轻美丽的艺伎,如果没有技艺在身的话,也难以成为一流艺伎。相反,年龄虽然稍稍大了一点儿,但若技艺一流的话,也可以傲慢自倨。

舞蹈也好三味线也好，技艺都不是一朝一夕就可以练成的，所以，女孩不可能一年半载就成为头号。

当然，即便是花街，最近也变得技艺能力受到轻视，徒有年轻漂亮的艺伎们受到吹捧了。其中也有一些年轻的舞伎或艺伎因此而轻慢技艺，没掌握什么东西却对年长的艺伎态度傲慢。

对于此种情况，客人这边也是有责任的。最近的客人，比起技艺好的艺伎，更喜欢选择长得好看的艺伎。越来越多的客人觉得，如果艺伎年轻漂亮的话，技艺粗糙一点儿也没有关系。这种心情是男人谁都会有，我也是这样，如果只被一群技艺精湛的老妇围着的话，也会变得忧郁。

但是，如果过于轻视技艺，艺伎酒会也就会变得同银座一样，失去了传统的花街的特质了。虽说如此，只强调技艺本身，而过于忽视容颜的话，对客人就没有太大的吸引力了。

这样的矛盾正是花街的艰难之处。过于注重外表的好看，就会丧失花街的风骨。

东京的一条闻名遐迩的花街这个倾向尤其严重。去年之前还在银座做陪酒女的女子把长裙换成和服，就可以端架拿样地参加酒宴了。和宇野总理发生龃龉的那位女性也是速成艺伎。她原本是一个白领女性,忽有一日想赚钱了,就冲进了花街。自然,她们是不会任何技艺的。

这么一来,比起技艺,脸蛋更为重要了。艺伎的自豪感之类也就等同于无了。

在这样的全国风潮当中,要说如今依然严守花街老规矩的地方,还是要首推祇园的。

在这里,技艺能力一如既往受到肯定,艺伎姐姐的地位要在艺伎妹妹之上。按照进入花街的顺序在酒宴上也有次序之排,严守上下之差。

当上舞伎首先被教导:要比重视客人还要重视"妈妈"和"姐姐"们①。

其证据之一就是年轻的舞伎进入酒宴之后,首先第一个打招呼的是茶屋的"妈妈",接着是最上面的"姐姐",然后依次低头寒暄,最后一个才是客人。

"妈妈,晚上好!""××姐姐,晚上好!""○○姐姐,晚上好!"就这样先向先到的所有艺伎打完招呼之后,再转向客人:"晚上好!

---

① "艺馆":即前文提到的"三业地",是指培养管理艺伎、舞伎,根据料亭或茶屋的要求派遣艺舞伎的地方。艺馆的老板娘被称为"妈妈",资历较深的艺舞伎被称为"姐姐"。

欢迎您光临！"

"为什么不先向我这个掏钱的打招呼呢！"客人即使如此发火也没有办法。这里就是这样一个地方，就是这样的老规矩，客人也只能默认。

不管怎么说，单从打招呼的做法上，就能如实地反映出她们很重视和自己人之间的联系。

这种严格的上下关系在酒宴过程中也一样存在。

一般来说，酒宴上都是客人和艺伎们围着一个桌子，交叉而坐。

这个时候，说话最多最热闹的是艺伎姐姐，后面按照年龄顺序，说话量依次递减，新来的艺伎简直可以说是几乎不太说话。

也并非是有这样的说话规定，但是毫无疑问是有这样的倾向的。

客人当中也有人会抱怨："好容易有个可爱漂亮的舞伎，却偏偏只是年长的艺伎大模大样地说话……"

然而，年长的艺伎能说会道活跃酒宴现场，年轻艺伎谨慎不语，也正是保持酒宴气氛的一种智慧。

如果这事儿反过来，穿着华丽和服的年轻舞伎喋喋不休地说个不停，那么那股难得的纯真可爱劲儿也就消失殆尽了。不，更为不妥的是，客人的视线全都集中到舞伎一人身上，那就太过显眼了。

为了避免这种情况，舞伎谨口慎言，艺伎姐姐用话术来服务酒宴，为现场增光添彩弥补素气。

这就是艺伎酒会的平衡。

听说从前的舞伎在酒宴上几乎不太说话。即使客人当中有自己喜欢的人，也只是一味伏眼垂眉，在内心默默祈祷对方能注意到自己。

最近这种纯情的艺伎也确实越来越少了。刚刚成为舞伎的时候暂且不谈，接近换襟成才阶段的舞伎是很能说的，活泼热闹。

即使是现在这样的情况，如果有姐姐们在场，她们也会收敛许多，特别是有那种比较厉害的姐姐在的话，几乎是沉默不语的。

如果说这样的世界太保守、太不自由，那也无可反驳了。不过，也有很多好处正是通过这种抑制、保守，才保存下来的。

还拿花街来说，只要有技艺在身，无论年龄多大，都能出席酒宴。即使变得腰虚腿软了，有下面的艺伎舞伎们的尊重推崇，这个"姐姐"那个"姐姐"地叫着，也是有模有样成体统了。客人也不会因为有年老艺伎前来而露出不悦之色,或许会以开玩笑的口气笑称其为"妈妈姐姐(像妈妈般的姐姐)"了。虽是如此以其年龄开玩笑,艺伎也会笑脸相迎,一起取乐。

从前的人,都说玩乐是一种忍耐。确实,玩乐中也有忍耐的成分。即使自己喜欢的舞伎或艺伎不在自己近前,也要一直忍着,强颜欢笑应付身边并不喜欢的女孩。虽然喜欢,但也不能马上相见,这一点正是花街的凄婉之处,一直等到喜欢的女孩轮到自己这里也是一种修行。

这并不是一个很难明白的道理。照顾到所有人,让每一个女孩都很有面子地玩,是客人的见识,与潇洒气度也相通。

相比之下,在俱乐部的玩耍则显得合理得当,同时又是很具现实性的。

客人像大老爷一样光临店内,进去就喊:"给我叫那个○○来!"一副只要有钱就是大爷的态度。

陪酒女这边也很现实,即使是一个月前刚刚进来的新人,如果受到客人的欢迎,也马上明星派头十足,跟客人随心所欲地聊天、撒娇。甚至动用手腕强夺店里老资格陪酒女的客人。在年轻美貌、能说会道的陪酒女面前,徐娘半老的陪酒女们很快就会逼到墙角,枯竭零落。

正是弱肉强食，有力者夺天下。

但是，仔细想来，夸张一点儿地说，这也是一种轮回。也许被逼到墙角的陪酒女曾经也以年轻为武器，将自己的前辈们直击得落花流水。

换句话说，这只是年轻的时候任意妄为的报应而已，怨恨不得哪一个。说起来，也只是因为自己是生活在这么一个很现实的圈子中而已。

从这一点来看，花街就远远沉稳得多。浮沉没有那么激烈，老了也是个人物。

这如果追根溯源，也是托了自己年轻时代尊重年长者的福分，正因为年轻的时候吃苦劳耐寂寞，相应地，年龄上来时也就能轻松舒适了，这就像养老金一样。

若将花街模式和俱乐部模式简单来总结的话，大概相当于前者拿的是年龄工资，后者发的是能力工资吧。

在俱乐部里，只要拥有年轻和美貌，很快就会走红，也能获得巨额财富。但是，相应地，其凋零亦快。

与此相比，花街模式则不是一朝一夕即能变成红人明星的，年轻的时候苦劳多多,也正因为如此,而不必品味老来的凄凉。

选择哪一个是个人的自由,但花街模式正在从日本社会慢慢消失这一事实却是十分确凿的。

## 茶屋代售点

京都的店里是不欢迎初次光顾的客人的。特别是茶屋,简直可以说是绝对不允许初见的客人进店的。也有人说:从这里可以看出京都的茶屋和料理店对一般的客人十分冷淡啦,高高在上啦之类。

但是,我并不是在袒护京都茶屋,他们这么做是有一定的原因的。

本来,所谓茶屋是请来舞伎和艺伎一起玩乐的地方。料理店是饮食就餐的地方,而茶屋则是与姑娘们说话为乐,有时候看看她们的舞蹈,为其优美的姿态倾倒的场所。

总体来讲,茶屋并非是一个吃饭的地方。这里没有能称之为厨师的像样的料理人。如果客人感觉饿了,就从附近的外卖店里叫餐来吃。祇园这里之所以外卖店很多，正是这个缘故。

相熟的客人会先在某个料理店里吃完饭之后再赶进茶屋。因此，茶屋要比料理店营业晚一些，打烊也晚一些。

这些只是茶屋表面上的工作，其实茶屋在此之外还兼着各种各样的其他工作。

比如有人打算招待几个从东京来的客人在京都玩上一夜。这时候招待方会首先联系茶屋进行预约。

几月几号有七个人，准备在东山山脚下找一家比较安静沉稳的料理店，从六点开始吃饭，那之后，九点左右去茶屋，请按照那个点儿叫上四五个舞伎和艺伎。接到上述联系之后，茶屋的老板娘马上就会给相熟的料理店打个电话预约酒宴，接着拜托三业事务所在指定的时间里安排舞伎和艺伎。

但是，茶屋的工作并非只有这些。

饭也按部就班地吃完了，客人来到茶屋喝酒的过程中，也许会忽然想去俱乐部玩了。或者有的客人提议去个能唱歌的地方玩玩也不错。

这时候茶屋的老板娘又会听取客人的这些想法，帮忙介绍俱乐部或者日式酒吧。

这些店,即使客人是第一次去,店家也会热情相待。因为是茶屋介绍的客人,所以可以自由出入,也不会被要求当场付款。

餐饮费用都可以向介绍客人来的茶屋索要,所以没有任何可以担心的。

顺便还有从料理店到茶屋、从茶屋到俱乐部移动所用的车费也都是由茶屋一揽子付款。

因此,当天晚上的所有玩乐费用皆由茶屋垫付了。

不,茶屋的工作还远不止这些。

如果次日客人们想去看"京都舞蹈"啦、想去南座看五条花街的同台演出①啦,茶屋又会帮他们购票。客人若拜托他们购买从当夜住宿的酒店到返回东京的新干线的车票和飞机票之类,茶屋也会一一办妥。

从上面可以看出来,茶屋并不只是一个和艺伎玩乐的场所。

欧洲一流的酒店都设有一个叫"代售点"的负责处,这里会应客人的要求,从西餐馆的预约到音乐会门票的购买,都帮客人

---

① 五条花街的同台演出:每年6月,京都南座会举办京都五花街的联合公演——"都之繁华"。人们只能在这个舞台上观赏五花街齐聚一堂的盛况。整场公演先由各花街依次演出一场,最后由五花街同台表演"祇园小曲"。由于各流派的风格迥异,同一首曲子用不同的舞蹈来演绎,非常有趣。

们做。

茶屋的工作内容正和这个"代售点"相近。并且,因为它会代付所有的费用,所以又是一个银行,从预约票务这点来看,又成了旅行代售点。

总而言之,在京都,只要认识一家茶屋,即使没带一分钱,也可以畅享京都之夜,甚至可以看完第二天的戏剧再回去。

茶屋就是能保证客人如此尽兴玩乐。

他们之所以不接受初次光顾的客人,正是因为这样的原因。

如果从在茶屋的消费,到看戏剧的入场费,客人一概不付,要赖逃掉的话,那可不得了。

因此,茶屋审度客人的眼光是十分严格的。

此人看似出手大方,果真值得信赖吗?虽然是某某人介绍的,但是确确实实没有问题吗?如果不看透这些,过后是会遭到现实惨痛的教训的。

但是,茶屋又不能够随随便便地怀疑客人。

只要是合情合理、扎扎实实的熟人的介绍,即使对方是一个完全不相识的人,也会自如接受。就这一点来说,也可以说这里是一个完全只靠信用通行的世界。

一听到接受陌生人,如此垫付会不会有问题就令人担心了。但是,迄今为止,还没怎么听说过在祇园那里有什么客人吃喝不付款的。

这一方面,跟只要有钱,骗子也"欢迎光临"的银座大为不同。这大概是他们用心选择客人的好处了。

总体来说,祇园是一个依靠多年的信誉和传统生存的地方,各个店家和客人们都是以此为羁绊来加深交往的。

正因为如此,店家也会长期重视自己的客人,客人也不会做出不付款逃走的卑鄙行径。实际上,一旦做出这样的事情,就再也不能在这个世界里玩了,所以客人也是拼命维护自己的信誉的。

当然,客人多了,里面也会出现因为经济不景气或者公司倒闭而后来付不起钱的人。我仅知道一例这样的情况。那个时候,茶屋因为对方是长期惠顾自己的客人,在那人的公司东山再起之前,没有向他要一分钱。

这样的美谈也是因为茶屋自身经过多年的经营有一定的积蓄和余裕才得以成立。如果是在银座那样的既要缴纳昂贵的权利金,又要受折旧偿还所迫那样的世界里,是很难做到的。

当然,我并无意在此评价是祇园街的做法好,还是银座的做法好,双方均有各自不同的历史背景,都各自有其长处和短处。

在京都饮酒觉得不可思议的另一件事就是和老板娘同去喝酒的时候,老板娘都要和所到之处的店里的女老板恳切交谈寒暄。

客人在一边看着,感觉都被扔到一边冷落了,真想抱怨一句:我们这些人怎样都无所谓吗?总而言之,老板娘之间的寒暄非常用心,特别是对待茶屋的老板娘,俱乐部的女老板们着实是高抬高看的样子。

与此相比,银座就很冷淡了。女老板们即使见了面,也只是用目光轻轻碰触一下表示一下寒暄而已,其中也有完全无视的,或者是毫不掩饰自己的敌对意识的人。

想一想这倒也是理所当然的事情。在银座,女老板之间就不必说了,连茶屋的老板娘都是竞争对手,都是会夺走自己客人的敌人。女老板当中,甚至有人若无其事地去别人店里寻找比较好的女孩,之后往自己店里挖。

但是在京都,茶屋、料理店和俱乐部等都是共存共荣的关系,彼此之间互相依存而生。

"您要找料理店的话,A店很好的。吃完饭如果想去俱乐部的话,可以选择 B 店。"

茶屋的老板娘不等客人说出什么喜好,就会若无其事地主动指点。对于她们的指点,客人也不会说"不,我不想去 B 我想去 C"进行反驳,最终会直接去她们指点的店里玩。

在京都,比起店里的内容,更为重视的是店里的格调。

"您这种水准的客人还是去 B 店比较合适,去 C 店会让人笑话的。我也会跟着没有面子。"老板娘言辞之中包含着这样的意思,客人们也会考虑自己的立场并遵从她的建议。

这与银座的随意性大不相同。银座的客人会想:"去不去她推荐的店没什么关系啦,用自己的钱喝自己的酒,哪里需要别人来多管闲事。"

京都的店都会考虑一下各个店的格调等级,也会把客人介绍到不感觉丢脸的相应等级的店里。客人如果没去那里,而是去了一个奇怪的地方,就会被认为是个不懂事的乡巴佬。

就这样,比起客人和店家的联系,更是诞生了店与店之间的连带关系,这种连带关系变得越来越重要了。

我们给你们介绍了客人,你们也要往我们这里推荐客人。这样才能互相扶持,共同繁荣。

因此，老板娘们和女老板们彼此之间的人际关系比对待客人还要重要，如果稍有疏忽过分自大，或者做了忘恩负义不合情理之事，就会引起其他老板娘的反感，这样的店很快就会衰落。

在京都，很显然，从料理店到茶屋、俱乐部、酒吧等都包含在内，存在一个个团结成圈的店群，如果脱离此群，就不会有好主顾推荐过来。

而且，位于此圈中心位置的，就是茶屋。

因为茶屋是从宴会的场所到各种票的订购都综合在内的总代售点，所以也最具有往哪儿推荐客人的权限。

正因为是此圈的枢要所在，才能对料理店和俱乐部双方发挥威力，俨然而立。

然而，最近，这个茶屋占优势的情形已经一点一点地崩坏了。

其崩坏的特征在于从以前的茶屋占主导，变成了料理店占主导这一点。

以前，主要是茶屋往料理店介绍客人，而最近，料理店往茶屋介绍客人的事例越来越多了。而且，有些地方甚至开始由料理店先垫付茶屋的费用了。

之所以发生这样的变化，其背景是税制的问题。

现在，来京都夜玩的人大多数都是为公司办事的工薪一族。被称为世界第一苛刻的累进税让人们几乎都不敢拿自己的钱来祇园喝酒玩乐了。

既然是法人花钱，当然就需要发票。这样的时候，比起茶屋，料理店的发票作为必要经费更容易得到认可。料理店即使宴会上邀请了艺伎，也可以用会议商谈、取材费用等名目开发票。

可是在茶屋的话，只能是单纯的游兴费，说是会议和商洽费也行不通。

因此，如今变成了以料理店为中心的游乐，即使还要进行第二轮宴会，也会对茶屋敬而远之，而是选择家庭酒吧或者其他俱乐部。即使是去茶屋，其费用也是从料理店一起结账才比较容易通过审核，所以，客人会让茶屋把费用算到那边去。

就这样，祇园这里也正在发生权力中心的转移：从茶屋占据优势地位的形式渐渐变化为以料理店为中心的形式。

乍一看只是华丽炫彩热闹非凡的夜玩世界，定睛仔细观察也会发现其中正在进行的各种各样的变革。

## 俱乐部和艺伎酒会

一般人都认为,艺伎酒会玩乐费用很高。实际上确实如此,在祇园的茶屋玩一个晚上,需要花费相当一笔钱。

这也要根据邀请到酒宴上的舞伎的数量多少而计,不能一概而论。不过也许可以大致认为,跟银座的高级俱乐部价格差不多吧。

当然,那些高级俱乐部的价格也会因店不同而千差万别,不过暂且算作一人三万左右,这个数是有了吧。

如果祇园的茶屋和银座的俱乐部价格相同的话,怎么看也是去茶屋玩比较划算一些。

这么说的第一个原因首先是空间问题。

比如有四个人去玩。茶屋通常是八个榻榻米或者十个榻榻米大小，最低也会提供六个榻榻米的房间。也有的地方里面还带着休息室和房间专用的卫生间，一个人相当于独占了二三个榻榻米的空间。

相比之下，银座的俱乐部则只是一个包厢而已。一个人只是占了顶多能坐开的空间罢了。

银座的地价确实很高，可是祇园一带也并不便宜。东京的花街新桥和赤坂的地价也很高。只从一个客人所占有的空间来看的话，这么算来，艺伎酒会的玩乐要远远实惠得多。

而且，历史悠久的艺伎酒会处还可以欣赏有一定来头的挂轴和摆件。而且还会有插花，入口处还会洒水，角角落落都十分用心，照顾得无微不至。

这和银座那种只是表面浮华，没有一定深度的装修实在是有天壤之别。

以舞伎为首的艺伎们的衣服都各有千秋，又美丽又华贵。银座的陪酒女们的衣服虽然也都不便宜，但还是和服更上档次。

选择艺伎酒会玩乐更为实惠的第二个原因，是它不像银座那样只是吵吵嚷嚷十分喧闹，有时候还可以欣赏舞蹈和乐器。

客人有些醉意的时候,可以让舞伎们跳舞,自己倚靠在凭肘几上醉望,没有比这个时候更能感觉到玩乐的实感了。也许沉溺于这种玩乐世界的男人们正是因为无法忘掉这瞬间的满足感,才徐徐深陷下去的吧。这样的奢侈感在俱乐部是怎么也无法体会到的。

伴随着舞伎的舞蹈,艺伎们的话术也十分有趣。

而在银座,有的陪酒女就像借过来的猫咪一样拘谨,只是干坐着一句话不说,反而还要让客人照顾她来找话说。这么一来,都不知道哪一方是客人了。还有的女子只是过来给擦个火柴点个火而已。

相比之下,艺伎们舌灿莲花,能说会道。

因为经常在酒宴上近距离听着前辈们说话,头脑转动得没有那么灵活的艺伎也相应地掌握了一定的会话技巧。绝不会出现艺伎来了之后酒席上冷场的情况。

而且,她们从年轻的时候就锻炼技艺,所以仪容修养也高,也能察言观色分清场合。

在银座,也有一些只因为年轻而被奉承得找不着北,却没有任何实际内涵的女孩子。更有一些一看就感觉不太检点、没大有教养的女人。而在正儿八经的艺伎酒会上,是没有这种女人的,也不可能会有。

艺伎酒会玩乐的第三个好处在于，可以不必和其他客人碰到一块儿去。

在银座，大家都是在同一个场地，正所谓吴越同舟，哪里能玩得成！有时候反而想赶紧逃掉。

但是艺伎酒会却是一组客人一个房间，即便是自己不想见的客人也来了，也眼不见为净。回去的时候，她们也会相应地提供方便，可以安心地出门。

除此之外，艺伎们口风很紧，客人在酒宴上说的话不可能流传到外面去。

当然，这一点最近稍稍有一点不太可靠了。虽说是艺伎，但是对自己深爱的男人好像还是会坦言的。即便是这样，也远比女孩子流动性很大的俱乐部要守秘密得多。

这里还有一点，令我有点儿犹豫是否该说它是个好处。同样是追女孩子，可以说追艺伎就没那么多乱七八糟的乱事。这里所说的"乱事"，需要简单说明一下。它指的是过后没有那么多的纷争。当然这个说法也被宇野总理艺伎事件搞得有点儿不太可靠了，但是听说，花街的人们的感想是，那个女孩并不是艺伎。总而言之，是选择方法有问题。

当然,银座也有性格好的女孩,也有对自己喜欢的男人死心塌地的女子。但是同样地,也会有一些让人大跌眼镜的女骗子。在众多女性当中,遇到那种耍尽花招,骗取别人成千上万甚至几亿日元之后再也不见人影的恶女,也是没办法的事儿。

但是与此相比,艺伎却是在花街这个狭小的世界里生存,正因为如此,她们的身世经历可谓知根知底。

要追一个艺伎,当然要花费一定的金钱。不过这事儿一旦定下了,就不会那么轻易移情别恋。正因为艺伎的世界比较狭小,因技艺而受到束缚,所以也不可能做出像银座那样的厚颜无耻之事。政界和商界等不得不时刻避人耳目之人自然会选择去艺伎酒会玩乐。

经常会有报纸等媒体上,写着:"某部长在赤坂的高级饭庄……"与其说那是在玩乐,倒不如说是因为那样的场所相对安全,有时候也是没有办法而为之。实际上,如果政界的关系疏通在银座等地方进行的话,恐怕原本能谈妥的事情也会谈不拢了。

基于以上原因可以明白,与其去俱乐部,还不如去艺伎酒会玩乐更加实惠。

然而,事实上是银座的俱乐部依然热闹非凡,而艺伎酒会却还是不温不火。很多老板娘叹息道:虽然算不上是不景气,但是也鲜见有几个新客人增加。

这到底是怎么一回事呢?

我在一开始对艺伎酒会大肆褒扬,现如今再说什么缺点似乎有点儿奇怪。但是,任何长处的反面都潜藏着弱点。

艺伎酒会最大的痛处就在于不是谁都可以轻易进门的。

若是俱乐部,即使偶然经过的人也可以相约:"我说,咱们进去看看吧?"可是,茶屋和高级饭庄这样做是行不通的。如果是初次光顾的客人,不但进门的客人有所警惕,作为接受方的店里这面也会深怀戒心。

去艺伎酒会还是要有人领着去才行,然后正式介绍给老板娘,和艺伎们也要多少混个脸熟才好,不然是很难去那样的地方的。

不是谁都可以随便去、秩序严谨这一点,反而成了他们的弱点。

还有一个艺伎酒会的痛处就是一组客人一个房间,围桌而坐,有充分的空间这一点。

刚才我在上文中说它是一个优点,可是这实际上也是一个弱点。

之所以这样说,是因为一个房间里只有一组客人,太过齐整,让人没有其他办法放松心情。比方说,有这么四个人来了,其中一个人说话的时候,另外三个人就不得不沉默静听。换句话说,话题经常只有一个,很难和周围的人窃窃私语。

这一点,在俱乐部就大不一样了。这里钢琴声和其他客人的笑声混杂,即便四人围坐一桌,也很难听到对方的声音。托这噪音的福,能进行交谈的顶多是自己身旁的人。此外就可以和陪酒女尽情随意地瞎聊了。

周围太吵闹会让话题无法统一,但是也相应地能让人感觉到一种开放感。特别是和上司一起去的时候,话题比较分散的俱乐部更具有压倒性的优势,心情更为放松。

而在艺伎酒会的话,一不小心说出追求艺伎的话来,马上就会被其他人听到,惹来不必要的麻烦。俱乐部里就不一样了,借着里面的喧嚣,彼此定下个约会都没有问题。

原本腰杆无法挺直的过度自由也是俱乐部的优势了。

作为艺伎酒会最大优势的舞蹈观赏,对于那些对舞蹈没有兴趣的人来讲,就没太有意义了。更何况,高价的挂轴和摆件对于没有此类知识的人来说,也只不过是对牛弹琴而已。

艺伎的衣裳也好,打扮也罢,对原本就不懂得和服的价值、对穿着打扮也不怎么关心的客人来说,也是没什么价值的。岂止如此,甚至有人还会对口角生风、机敏活泼的艺伎的言谈和服务反而觉得烦得慌。

另外,艺伎酒会不太引人注目这个优势,对于完全不在意是否被别人看到的客人来说,也没有多大意义。

在数目众多的客人当中,还会有人正想吹嘘自己在这样的地方玩呢。在这样的客人这里,比较隐秘这一点也许会成为一个负面因素。

在上面这些的弱点之外,再加上一个,艺伎酒会最大的弱点,那就是与陪酒女相比,艺伎姿色略略差了些。

当然,艺伎当中也有很美的人,特别是祇园和赤坂,有很多让人着迷的美色。

但是不管怎么说,花街是一个以技艺为中心、因此而受到各种各样制约的地方。能够克服这么多限制,并在此基础上作为一名艺伎努力奋斗的女性是有限的。

与花街相比,俱乐部就简单多了。首先只要带来一位美女就很像回事了。礼仪做法和接待客人的方法不懂也没有关系,那些可以后面再教。很多客人都只看眼前是位年轻漂亮的美女就行了。

这样一来,只在年轻和美貌上比较,艺伎是不可能取胜的。

如此这般,直截了当、轻松舒畅,只有拥有外表悦目的美人的俱乐部繁荣昌盛起来,而以历经年月锤炼出来的以艺伎为中心的艺伎酒会却衰落下去了。如若不然,就是艺伎酒会迎合时流,逐渐俱乐部化,堕落下去。

喜欢轻薄短快的世间风潮也波及至此,处于其对立面的祇园茶屋经营日渐艰难。

但是,祇园还算是受眷顾的。虽说有些衰退,祇园仍然是日本花街的横纲①。

地方城市的花街如何未可知,若是祇园招聘女孩子培养舞伎的话,还是会有不少人报名参加的,全国各地的客人也慕名云集。

作为所有玩乐之人憧憬的地方,祇园依然璀璨闪亮。

然而,祇园以外的花街,除了一小部分之外,似乎都在慢慢

---

①横纲:日本相扑运动员(日本称为力士)资格的最高级,相扑力士按运动成绩分为10级:序之口、序二段、三段、幕下、十两、前头、小结、关胁、大关及横纲,横纲是力士的最高级称号,从某种意义上来说,可以算是终身荣誉称号。此处为比喻式说法。

衰落。

虽然令人寂寞惋惜,但是,需要下大功夫培育的"不合理"的东西终会完全消失,这就是现实。

## 玩乐专家

上次我在前面写过,艺伎酒会玩乐的价格接近银座的一流俱乐部,一个人大约花费三万日元左右。结果很快从一位读者那里收到了反馈。他说填筑地的高级饭庄可不是那么便宜的,一个人五万日元很轻松就花掉了。的确,填筑地和赤坂的一流饭庄价格很高,有时候甚至一个人要花费十万日元左右。

但是,这个价格是包含着饭菜的价格,与只在艺伎酒会上玩乐的花费不可同日而语。一旦涉及饭菜,如果食材和器皿上很讲究的话,价格无论多高都有可能,那就是另外一回事了。

我这里说的是不包含饭菜,只是在桌上摆上几个简单的拼盘或晒干的海货类的情况。

去艺伎酒会的时间顶多是从九点或十点左右开始,所谓的"第二轮"时。

为了能够闲谈阔论,以便宜的价格在艺伎酒会玩乐,这样晚一点儿去是一个诀窍。这个时间带去的话,价格里就不会有饭费,而且是这边第一场艺伎酒会接近终了的时候了,空闲出来的艺伎也多,遇见美色的可能性也比其他时间要大。

说得极端一点儿,即便晚饭吃个拉面,过了九点再去艺伎酒会玩上个锣鼓喧天,也比从一开始就在艺伎酒会上吃饭要远远便宜得多。

最近,来艺伎酒会玩乐的客人尽是一些为公司办事的工薪族了,这种酒会一般是从六点左右开始,十点左右便大都结束了。

这之后,艺伎酒会就空空荡荡了。没有不利用这个空当的道理。

即便如此,很多高级饭庄都是一天只有一轮客人,若说浪费资源也确实是浪费了。

情趣难得的挂轴和摆件一天也只能一次接触几个有限的客人的目光,实在可怜。

为此,一部分高级饭庄也开始接受中午的客人了,但是,这也只限于京都那样的观光客人多的地方。况且,很多客人都是女客,只吃个中午饭就要花上近一万日元,也不是一般人能随便去的。

但是,高级饭庄虽然价格昂贵,实际上他们并不能赚到多少钱。

其证据便是,就连现在的新桥附近,有一定渊源的高级饭庄也先后关闭了,正在变成普通建筑。留下来的地方也是一直经营了很久的,虽说进行了折旧费补贴,大概也完全没有能力买块新的地皮继续做大了。

即便是大饭庄,也没有那么容易一天招待好几桌客人。

有时候一天即便只有一组客人,既然客人要来,也必须进行一番大扫除。从女招待到厨师长,再到管理鞋子的大爷都必须要整备齐全。如果接待的是十个左右的客人的话,从业员反而比客人要多得多。假设一个客人大约能赚五六万日元,那么收支大概都不能维持平衡吧。

京都的东山有一个叫"土井"的高级饭庄。这里大约有三千坪的院子,饭庄的一部分位于低矮的小山。

有一次,因为时间稍有点儿过早,我就在吃饭前借来木屐,到后面的山上瞧一瞧。清幽小径的尽头是一间茶室。因为平时只是从酒宴处眺望院子里面,并没有进来看过。如今进来一看,清扫得干净清雅的茶室一角,还插着漂亮的鲜花。

那一天,那个饭庄好像有那么两三组客人,而去到后面茶室的,恐怕只有我一个人。而我自身如果再稍微晚一点儿到的话,也不会到后山去看的。

那么一来,那个茶室的花就会一天到晚接触不到任何客人的目光而独自枯萎。

若说资源浪费也确实浪费了,不过,为了不知何时会来的客人整理房间、装饰鲜花这样的浪费不是随随便便就可以做到的。

不,也许这不该叫浪费,而是应该称之为心灵上的余裕吧。

在这个万事万物都讲求合理化、杜绝浪费的时代,这样赤诚的做法显得弥足珍贵。

饭菜、家具就不必说了,日本高级饭庄的好处就在于这种"浪费"精神的鲜活存在。

当然,最近的高级饭庄正在逐渐走向大众化,所谓的高级饭庄里,有名无实的普通料理店越来越多。

在这样的地方,饭店的入口处摆放着铺着绯毛毡的台子,店内磁带播放着古琴和三味线的音乐来渲染气氛,饭菜一个人大约一万日元起。

当然,这个价格也不可能拿得出值得体会的东西,卖点就是看上去好看而已,不过这种做法倒也很流行。

所谓大众化,听起来似乎不错,但它只不过是事物的粗糙化而已。

每个人的想法都不一样,不过我个人宁可把去三次的钱攒到一起只去一次,也想去看看真正的好东西。

上次还忘了写一点,艺伎酒会的账单里是包含着艺伎们的酬金的。

当然,俱乐部的账单实际内容大部分也是陪酒女的劳务费,所以算是差不多的东西了。但是,艺伎酒会的费用中会清晰地标明是艺伎酬金。

原则上讲,每个艺伎的酬金都是一样的。以前都是把一炷香燃尽的时间作为一个单位,所以也把它叫"香资"。

现在,很多地方一般是把三十分钟左右作为一个单位(祇园这边是把一小时数作十二柱),一个小时是酬金两柱。

艺伎酒会的价格时有变动是因为这个艺伎的数量和时间上有

所差别的缘故,可以说未必跟客人的数量有关系。

比如说有三个客人玩上两个小时,全程有六个艺伎陪伴。单纯来计算的话(当然,实际上并没有那么单纯),总共是 6×4=24。与此相比,如果是六个客人只叫了三个艺伎的话,那就是 3×4=12。继续比较,如果是六个客人只叫了一个艺伎,那么只花 1×4=4,四炷香资就可以了。

艺伎酒会所花的费用主要是这个艺伎的酬金,所以,有几个艺伎在旁边陪了多长时间决定了价格的不同。

与此相比,俱乐部的费用是由顾客的数目决定的。只要不点价格特别昂贵的品牌产品和水果,价格一般是与客人的数量成正比。跟有几个陪酒女在身边没有关系。因此,三个客人去俱乐部玩耍,其身边无论是陪着三个女孩,还是只陪着一个女孩,价格几乎没有什么变化。

也许是这个原因吧,在俱乐部,客人就会比较在意其他客人旁边陪酒的女孩数量。

有时候他们还会心生不满:"都是一样多的客人,为什么人家那边有三个女孩,我们这里只有一个呢?"

实际上,同去了四五个人,身旁却只有一个陪酒女的时候,就会感觉受到了严重的冷遇。特别是如果那个陪酒女又是一个不太漂亮的女性时，就想赶快撤退了。事实情况是有些店的老板娘就是利用这样的手段来击退一些自己不太喜欢的客人。

这一点上，在茶屋就不必品尝这么凄惨的遭遇。只要提前预约几个适当的艺伎，到时候就会得到如数的安排。

从这个意义上可以说，还是茶屋的价格比较合理。

可是，考虑数量的同时，还有一个问题就是女性的质量问题。无论数量有多大，如果来的都是些老婆婆艺伎，或者是虽然年轻，却长得跟相扑一样的艺伎，那就很令人头疼了。即便不是头号美女，客人也还是希望与头号不相上下的美色陪伴的。

即使是为了这个，艺伎酒会也还是参加"第二轮"宴会比较明智。

这就跟特意在刮台风和下大雪的日子里去俱乐部喝酒的男人是同一个心理。这样的日子里，客人少，竞争率也低。可是有的时候却又会有这样的遭遇：偏偏这一天尽是这种同样心理的男人凑到一块了，而陪酒女们却因为天气恶劣很多人都休息了，这样的情况一定要注意才是。

不管怎么说，艺伎酒会原则上是只要是登录在花名册上的艺伎,谁都可以叫来陪酒。

不过,也是当然的道理,当红艺伎因为大家都点名叫,叫她们来是非常困难的事儿。最近,祇园那里也是艺伎选择客人的艺伎市场了。正因为如此,即使是相熟的客人,也未必就能叫到她们。

既然是这样,一个关键的问题就冒出来了——那就要看茶屋的实力了。有实力的茶屋就容易叫到优质艺伎,而没有实力的茶屋就很难叫到。

但是,艺伎酒会比较有素质的客人原则上是不会同时逛几个茶屋的。从 A 茶屋串到 B 茶屋,在同一条祇园街上逐店闹饮这样的客人是不懂得玩耍礼仪的粗野的客人。

这方面也是俱乐部和茶屋的不同之处。在银座,从 A 店喝到 B 店,喝上多少家店的酒也没有人管得着。但是,花街只是一个很小的圈子,固定在一家喝酒才是专业玩家之道。

这个原因很简单。茶屋不是存放艺伎的地方,而是招来艺伎的地方。想叫好的艺伎,在 A 茶屋叫就可以了,没有必要再去 B 茶屋叫。

然而,现实情况是,茶屋之间也确实存在很大的实力差距,正因为是这样,所以,最初选择去哪家茶屋至关重要。

话虽如此,因为当红艺伎非常忙碌,即使好容易来到了酒宴上,也会很快消失。

"真是个不错的女孩啊,一会儿跟她好好聊聊。"心里还在这么想着,人家已经告辞归去了:"姐姐对不起了,妈妈对不起了……"

与此形成对照的是,有些艺伎待上几个小时都会一动不动。

当红艺伎如风一样飘来,又似风一般离开。而不红的艺伎一动不动、坚如磐石。

而且,那一动不动的老艺伎和漂亮可爱的小艺伎,香资都是一样的。

这些地方正是花街看似合理、又实在不合理的地方,同时,也是玩乐的趣味所在和客人提升自我修养的地方。

四

## 在俺们京都,可不会那么做

在"祇园"玩乐会感觉到:与其他地方的艺伎相比,这里的艺伎们气度何其高也!

本来,与陪酒女相比,艺伎就才高气清。

作为接待客人的行业,她们的历史更为悠久,又自恃有艺在身,有些人言行举止中还会流露出瞧不起陪酒女的态度:速成的陪酒女算什么呀!

便是在东京,新桥、赤坂、浅草、神乐坂等地方的艺伎也各自有着自己的自豪和坚持之处。实际上,也正是因为有了这些,花街才能保持各自的个性持续到今天。

但是,说句实在话,祇园的艺伎们内心似乎潜藏着一种精英意识,她们超越了这些一般的艺伎们的自豪感,认为自己才是最好的。

当然,我这么一说,也许有人会说我这是想多了,会质疑这是否是因为我作为客人过度思考祇园的一种特别的感觉。

但是,这种祇园优势在各种各样的场合中都能感觉到。

比如说在同一个艺伎酒会上,如果祇园和宫川町的艺伎不期而遇,总觉得祇园的艺伎更加从容自若,而宫川町的艺伎虽然没有太客气,但是有一点退让一步的感觉。

京都这里,现在粗略划分主要有四条花街。这里面也有一个大致的排序。

祇园[1]、先斗町、上七轩、宫川町。

这其中,祇园又有甲部和乙部(现在叫祇园东部)两处。东部的地位大概是比先斗町稍次一点儿吧。

这个排序表并非是由谁来规定的,只是以现在的各个花街的规模、实力和人气度等,自然而然生成的。

从历史性因素来说,这个排序未必能说是正确的。就花街的历史来看,先斗町和上七轩要比祇园历史悠久得多。祇园之所以

---

[1] 祇园:此处包含祇园甲部和祇园东部,与后面三处共称为"五花街"。

能变得像今天这么繁华,是因为在幕末时期,官军进攻江户的过程中,祇园艺伎们毫无隔阂地将他们迎进来玩乐的缘故,这对其后来的繁华起到了很大的作用。

这时候的先斗町和岛原,不喜欢萨摩藩和长州藩来的乡村武士,不肯近前。

但是,官军获得了胜利,并建立了明治政府。曾经的乡村武士位居高职、衣锦归来了。他们回到了祇园,把钱倾洒在过去对自己以礼相待的祇园,而不太去其他地方。

从结果来看,祇园抓住了好客户,其他花街对于未来形势的判断失误了。

也因为有这些历史原委在内,如今一说花街的代表,谁都会率先想起京都的祇园。岂止如此,很多人都觉得祇园是全国花街的排头,在那里工作的艺伎也都是最优秀的。

就像专业棒球巨人队[①]那样,人气走在内容的前头了。

---

①巨人队:读卖巨人队是一支隶属日本职棒中央联盟的球队,成立于1934年,1936年加入原日本棒球联盟,在单一联盟时代拿下9次联盟冠军;1950年太平洋联盟、中央联盟正式分立,加入中央联盟。1965年至1973年在监督川上哲治的带领之下,巨人阵中的"ON炮"长岛茂雄和王贞治以及其他队员创下日本职棒史无前例的九连霸纪录,中央联赛盟主的地位直到1974年才被中日龙队取代。截至2005年为止,巨人队一共赢得20次日本大赛冠军,仍为所有球队中最多的。

所以,这些看法也势必影响着在那里工作的艺伎。

不管她们本人是怎么想的,现在的艺伎世界里,祇园的艺伎们自尊心最高,而且她们也正在有效地利用这一点,这是一个不争的事实。

她们无论去哪里都是闪亮的明星,都会被人们好奇的目光盯上。也许是这个缘故吧,即使被喊到艺伎酒会上,有时也会露出一副"我是百忙之中赶过来"的优越的神情。

当然,这种事情不可能直白地说出来,但是不可否认会给人这种感觉。

另外,客人这边也会因为是祇园的艺伎而另眼相看,即使她们多少有点儿自大之处,也会宽恕不究。

这种倾向随着艺伎和舞伎数量的减少也许会越来越强。

因为现在是艺伎的卖方市场,为了请到好的艺伎,客人和茶屋都会向艺伎低头,不得不讨好她们。

这样的话,如果被地方上的艺伎听到了,肯定会十分恼火吧。

也许会有艺伎姐姐都想连珠炮般斥责一番了吧:"即便是祇园艺伎,也不必那么摆架子嘛。"

实际上,祇园本身也对这方面的状况有所担心,有的姐姐会如此告诫年轻的艺伎:"你之所以这么年轻就能接触到各种各样的客人,是因为人在祇园的缘故啊。"

日本闻名遐迩的人物就自不必说了,连美国大总统和各国领导人都能像日常便饭一样经常见到的话,觉得自己这些人是艺伎中的精英,也是可以理解的了。

与祇园相比,也许其他花街的艺伎们稍微客气一些。至少那种精英感要薄弱一点。

但是,即便是祇园以外的地方,若是京都的先斗町和上七轩的话,好像又有另外一种高自尊和自大感。不,如果说自大说得有点儿过了,那么也许应该说是根植于传统的自信之类了。

想来,这种自大感,不只限于花街,也许是整个京都这座城市的本质特征。总而言之,京都的人们一旦事情关系到"京都"二字,就会团结一致、共结一心。

比如,艺伎们彼此之间互相叹息自己的世界太窄不要紧,如果一不留神客人也跟着批判的话,事情就麻烦了。

"是啊,也许这里确实传统悠久,不过这样的地方很难产生一点儿新的东西啊。"

若有一个客人如此附和着她们说,一开始艺伎们都会表示感同身受的样子倾听。

但是,如果客人因此安心下来,不加防范地继续贬低的话,画风就会突变了:

"话虽那么说,可还是我们京都好。"

外地人在某种程度之内的批判可以容忍,如果超过一定的度再往前走,门就会被"咔嚓"一声关上了。

"从这里再往前面,是不能够进去的。"

从艺伎们的表情里,可以清清楚楚地看得出这种态度。

当然,任何一方土地都有自己的自尊,所以,一听到外地人过度贬低自己,内心当然就会升起一股无明业火。没有人会喜欢自己的故乡被人说坏话。

但是,京都人的反驳又别具一格。

与其说只是因为别人批判故乡而反驳,倒不如说是这个反驳中含有深深的愤慨:你把京都这个日本文化的中心想成什么了?!

他们简直是一副想这么说的样子:对自己的批判也就是对日本文化本身的否定。

没有任何一片土地上的人们能够这么自信满满地谈及自己的故乡。即使对方说得稍微过了一点儿,也会有少许赞同感:"也许外地人看来确实也存在那样的缺点呀。"

但是,京都人反驳的时候,好像没有一点儿犹豫迷惑的样子,他们只是一味地对京都深信不疑。这一方面的来由不是道理可以讲得通的,也许应该说是只有生长在京都这片土地上的人们才拥有的一种信念。

想来,能够对自己成长的土地怀有如此的自信,京都人真是好幸福。

我出生在北海道,但是撕破嘴也说不出"否定北海道的人不是日本人"这样的话。岂止不敢这么说,甚至有点儿自卑:北海道会不会是离日本传统的东西最远的。

青森县和鹿儿岛的人们大概也同样吧,他们能说出"青森县和鹿儿岛的人不是日本人"这种话吗?神户人、横滨人也好,东京人也罢,恐怕也无法那么轻易说出口吧。

这种对于故乡的压倒性的自信,在其他的语言和料理方面也表现得淋漓尽致。

比如语言方面,如今来到东京,能够无所顾忌地使用自己的地方方言的只有京都人。使用地方方言的时候,大概大部分人都会感觉羞耻,都想尽可能地努力掩饰。

但是,只有京都方言可以堂堂正正畅行无阻。而且,只有京都方言被称为京都话。明明从东京来看,很明显是方言,京都方言却被特殊对待,被称为"京都话"。

即便是料理,也只有京都菜冠冕堂皇地被称为"京都风味"。其他地方的料理就没有"奈良风味""名古屋风味"之类的说法。即使那片土地已经历史悠久,也没有能为之冠名的充满自信的料理文化。

成长在这样一片深受眷顾的环境当中,认为自己是日本的中心也是可以理解的。那种思想不是一朝一夕就可以形成的,它是在多年传统的基础上厚酿而成的。

因此,在京都人批判京都的时候,轻易随声附和可是很危险的。

倒不如说:"没有那回事啦!"站在相反的立场上拥护京都反而更为安全。只要这么说,对方就会安心下来,越发继续进行自我批判了。

即便是这样,也不可以跟着盲从,附和还是很危险的。

京都人不管嘴上怎么说京都不好,其内心深处还是认为京都最好。这种批判不过是深信自己是最好的口头批判而已。

正因为有这种坚信存在,一旦说到"这里是第一",大家就团结一致了。换个说法,当这个"第一"的信念受到威胁的时候,他们马上就会反驳。

不只是祇园的艺伎是这样的,京都人无论男女,一般人也都是这样的。

从京都祇园嫁到外地某家高级饭庄的一位老板娘曾经如此深切地倾诉过:

"到了这个年龄了,也还是丢不了那种故乡是京都的想法。"

老板娘已经年过四十五岁,出嫁也已有二十年以上了。但是依然十分热爱京都。

她接着说道:

"娶个京都女子可是个很麻烦的事儿。我至今还是张口就差点儿说出'在俺们京都,可不会那么做'。"

确实,娶京都有历史背景家庭的女子,也许会比较麻烦。不管是嫁到地方上多么名门望族的家庭中去,她们也不想打破京都的习俗。或者不是不想,即使是想打破,无意中也会因为"京都做法最好"的想法深藏在心底而无法改变。

然后就一不小心说出了:

"在俺们京都,可不会那么做。"

也许,娶媳妇还是应该从一个没有什么传统的地方、娶一个平凡人家的女孩子为好。

## 京都女人

听到"京都女人"几个字,人们的脑海里首先会浮现出怎样的女性形象呢?

一般的印象大概是,比起瓜子脸更接近小圆脸,身材娇小丰满、皮肤白皙、目光柔和、双眼皮、樱桃小嘴,适合穿和服的美人吧。

拿女演员来说的话,以前的代表人物有山本富士子,现在则是叶和贵子等人了吧。

再怎么搞错,也不会想象成那种皮肤黝黑、鼻梁高挺、身材高挑的女子吧。换句话说,京都女人的印象就是雍容丰满的典型日本美人形象。

这么考虑的话,京都女人很难说一定是美女。至少和我们想象的近代美女有些差距。单纯从美貌来说,也许以东京为首,北海道和长崎的美女更多。

当然,也不能因为东京是全国众多美女簇集的殖民地,就说东京即是美女的产地。但是,考虑到它是各种各样的不同地方的人前来,并在这里交集荟萃而出产美女的地方,毫无疑问也算是一个有力的产地了。

不用说,北海道是我的出生地,我若把这里当作美女产地就多少带有一点儿个人的偏爱了。但是,这里以东北为中心,还有阿伊努人、白种俄罗斯人的多方血统混合,多产美女也是有其原因的。

长崎那里有中国、南方地区、西洋的各种血统混合的人。走在大街上,经常会遇到美女。或者应该说,美女太多,反而没那么引人注目了。

与这些地方相比较,京都未必能说是一个美女多的地方。

与京都同样,以美女多著称的秋田、新潟、福井等地,也丝毫不比京都逊色。单纯从人口比例来衡量的话,也许这些地方反而美女更多。

明明是这样的一种情况,为什么一说到京都女人,让人马上就会想起日本最好的美女呢?

其原因之一,是因为京都这座城市是日本平安时期以来的首都,是日本的中心,这一点带来了很大的影响。

自古以来就住在都城的女人,一定会很美。在这种想法的背后,有人们先入为主的观念,认为京都女人都是经过岁月洗练的。这又与优雅端庄、出身良好的大家闺秀形象重叠在了一起。

当然,很难说朝臣贵族的女儿就一定高雅秀美。

如果从"血统越混合生的孩子就越美"这个优生学原理来讲,朝臣的闺女会有很多丑女。这方面的事情从各种各样的画卷中也能够推测出来。

但是,也可以充分考虑到,周围的环境越丰富优雅,人就会越发优雅秀美。特别是女性,更容易受到周围环境的影响。再加上,美女这玩意儿也是一个想象的产物。越是深信不疑,就越会加倍美丽。

然而,冷静地考虑一下就会明白,也不是所有的京都女人都是深闺秀女。京都也有很多贫穷、缺乏教养的女性。

明明是这样的实情,可是一听到京都女人,不知为何就会想象成优雅美好的女子形象,我们对京都所怀有的自卑感大概也起到了很大作用吧。

在银座和新宿的酒吧里,只要说上一句"我是从京都来的",客人们的目光马上就会发生变化,这就是一个证明。如果再说:"我在祇园当过舞伎和艺伎"什么的,那可就不得了。客人们为了看上一眼京都美人,会络绎不绝地赶过来。

这要是别的地方的女人,即使自报家门"我是岩手人",或者"我是熊本人",也不成什么体统。自报出身地能引以为豪的,大概只有京都,勉强还能算上东京的山手吧。当然,也有人以自己是江户仔,以自己的平民区出身自豪的。

让京都的女人看起来格外秀美的是京都语言。在日本,特别是东部的男士们对京都话没有抵抗力。一听到那软绵绵的声调,响当当的铁骨硬汉也会浑身酥软,就像骨头被摘掉了一般。

一说到京都女人的性格,很难轻下断言。只有一点很清楚,那就是京都女人既有性格好的女人,也有性格差的女人。在这里拿出性格来讲,说起来就复杂了。所以,我在此只从外貌和印象上来说。

只从这方面说的话,京都女人是男人憧憬的对象。

如果把实体以外的价值叫"附加价值"的话,再也没有比京都女人附加价值更高的女人了。

当然,这并不是京都女性的责任。只是外地的男人们任性地那么认为的而已,是他们任意加上附加价值的,是地方上的男人不好嘛。

这么多年,我也一直频繁地出入京都,说白了,京都并没有那么多美女。一般认为美女最多的祇园和先斗町暂且不谈,普通的白领女性和家庭主妇们,好像并不比其他地方美多少。

但是,在京都有一个表现女性之美的词语叫"雍容华贵"。

因为标准语中没有这个词,很难正确说明它的意义。大概是美丽高雅且华贵的意思吧。

这种感觉,看一看花街优雅的女性就会明白。只要这种女性一进屋子,满座就会流光溢彩、无限生辉。

"真是个雍容华贵的好女子啊!"她们让人忍不住想低声赞叹。

当然了,这赞叹并非只是指美貌,还有该女性的言谈举止、待人接物,以及所穿和服的品味等等,全部包含在内的一种整体氛围之美。

这个词也用于指人沉稳冷静中有华美之色的意思,却唯独不能用于形容男人。"雍容华贵"是特指女性的形容词,这样的评价要比"漂亮美丽"更强。

但是,遗憾的是,北海道和九州的女性无论多么美,都无法被评价为"雍容华贵"。即使有潜质,也不是一朝一夕就能变成一位"雍容华贵"的美人的。

可能有点儿奇怪,我每次听到这个词语,就会想起在丹后听到的一位纺织品店的店主所说的话。

丹后作为丹后绉绸的产地而赫赫有名,可是这里织出来的绸缎却要被送到京都去染色,只有经过京都的染色,才能作为高级货发到下面的小零售店里销售。

关于这个过程,丹后的店主人悲叹道:

"我们日夜劳动,辛苦织出来的绸缎的价格,和只在京都染一染的价格是一样的啊。"

确实可以理解,不管染得有多美,也只不过是在布匹上添加个颜色而已。这跟从一条一条的线织成布匹的艰苦劳动同一价格的话,实在是有些说不过去。

"既然这样,直接在丹后染出来如何呢?"

我一说,店主马上摇头否定道:

"如果说是在丹后或者其他地方染色的,就没有人肯买账了。"

虽然感到委屈,但是丹后绉绸只能经过京都染色这个镀金过程,才能作为一个像模像样的商品在市场上流通。换句话说,没有京都染色,丹后的绉绸就不能成为一件商品。

顶多不过是染个色而已,然而可以说京都就是这样一直卡着丹后的脖颈子。而且,其支配地位至今未变。既不是通过力气也不是利用金钱,仅仅依靠着一个优雅的附加值就能支配地方多年,这一点正是京都的不可思议之处。

"雍容华贵"正是跟这个京都染色十分相近。

就像拥有很多很棒的绸缎和农作物一样,京都以外的地方,也有无数美貌之人。

但是,只要事关女性一词,不接触接触京都的水土,就不可能成为"雍容华贵"的女性。若想被赞为"雍容华贵",就必须去京都。不对,即使去了,也并不是马上就能变得"雍容华贵"。

其原因在于"雍容华贵"这个词语是只给京都女性的,不是土生土长的京都女人,是很难得到这个词语的称赞的。

当然,也许有人会说:"那样的东西,没有什么意义。本人更喜欢高鼻梁、大眼睛、外形靓丽的美女。"也许对于这种人来说,"雍容华贵"是没有什么价值的东西。

但是，不管他们怎么说，京都就是有"雍容华贵"这个说法凛然而立的。并且，人们借由这个词语来评价女性也是事实。

只要这个评价基准一直生效，京都女人作为日本第一美女的地位就不会轻易动摇。

为什么呢？比如看见东京的美丽女子，夸一夸"真是个漂亮的人啊"，就完事了；看见聪明的女子，点头称赞"办事真扎实啊"，也就可以了。

只要不给她"雍容华贵"这个最高级的称赞，京都女人的优势就不会改变。

包含东京在内的全日本的男人们都有这样的想法：

"真想和雍容华贵的京都女人亲密交往一次啊。"

不过因为很难实现，还是不要有这样的野心吧。

实际上，我曾经有一个和京都女人亲密交往过的朋友。大众眼光是否认为她"雍容华贵"暂且不提，以我个人之见，是非常"雍容华贵"的。

可是，后来她却受到了京都男人们的责难："为什么要和那种男人亲密接触啊？！"

而他们责难的原因并不是因为这个男人的敷衍或是放荡，而是基于"东京来的那种男人"这一点上。

想来,他们可能认为京都的好女人只应该被京都的男人爱。也许感情上觉得:京都女人被东方蛮夷男人蹂躏是不可容忍的。

这些地方实在太具有京都特色了。

如果这是在北海道,札幌的好女人受到京都男人的吸引,札幌的男人们是什么都不会说的。

岂止不会像京都男人那么说,反而只会点头理解:"是京都的男人嘛,没办法的事啊。"

开放的土地和封闭的土地的差别,从一组男女的结合上,也能鲜明地表现出来。

当然,现在的京都男人们,也并不是都那么偏执。而且,即使是有这样的感情,也不会那么露骨地表现出来。

碰巧她身边的,正是这样一群对京都格外自豪的偏执的男人而已。若说是不幸,也确实不幸。

## 京都人的热情款待

我在京都玩时经常切身感受到的,是他们的款待之热情。茶屋和料理店就不必说了,就是去逛个街买个东西,也感受到了特别好的关照。

虽说如此,也并不是说他们的价格就真的便宜,东西就真的好,还是从事这些工作的人们的待客态度好使然。

当然,读者当中,或许会有持不同意见的人吧。但是请允许我在这里只写一般论。

来到京都就会想起来的三句话:"欢迎光临!""非常感谢!""对不起了!"只有这三句话即使返回东京也会依然盘桓耳际好久。

前几天,我在京都尝试着数了一下这三句话,其中在茶屋的两个小时期间,"欢迎光临"是八次,"非常感谢"是二十二次,"对不起了"也用了十二次。

当然,茶屋除了店里的老板娘和女招待,还有来到酒宴上的艺伎,每个人出现时都会用到,情况稍微有点儿特殊。

虽说如此,在其他的花街也没有听到这么多的"欢迎光临!""非常感谢!""对不起了!"

在料理店里听到的虽然没有茶屋那么多,但是,坐在柜台等店内其他员工与客人接触多的地方,听到这些词语的机会还是蛮多的。

从厨师到给我们倒茶的女性,大家都说一次,次数就相当多了,更何况再重复几遍了。

"对不起了!"之类的语句从把饭菜端出来开始,到撤掉最后一个碟子为止,都会使用。在客人回去的时候,店内全体成员又会一起低头道谢:"非常感谢!"店主人和雇工们再把客人送到出口处,又一次低头致谢。

买东西的时候也是这样,去一个旧时风味的店里的话,即使只买一个产品回去,来来回回也会听上十几遍这样的话。

与此相比,在东京听到这种话的可能性就低得多了。即便是所谓的接待客人的行业,大概也在京都的一半以下吧。

比如说,客人进店的时候会说:"欢迎光临!"出去的时候会说"谢谢光临!"其他的时候就不太说了。"对不起"这个词语最近好像被使用的频率很高,不过,那也大多是在真正做了对不住对方的事情的时候才用。

这若是去了北海道的札幌,听到的机会就更少了。人们只在最小限度需要的范围内使用,其他时候几乎不用。

这么比较过来发现,在札幌和东京,一直都是在其正确的意义上使用相应的语言的。而在京都,这些词语营造的似乎是接近其语言意义的氛围。换句话说,在札幌和东京,使用语言是忠实于词语本身的意思的,而京都则是暧昧的,相应也就失去了语言本来的意思。

这一点从把京都话的"非常……"翻译成标准语的"很",把"对不起了"翻译成"对不起",就会产生微妙的差异这一点上也能觉察。

"非常感谢""对不起了"用当下的标准语来说大概是"多谢了"的意思吧。

这恐怕也难说是正确的翻译,不过虽说如此,却也找不出比这个说法更好的翻译。

在这里,"对不起了"已经丧失了向人道歉的意义,倒是其中的"让您为我做了这么多,不好意思",这样的感谢的意思更强一些。"对不起了"只不过稍稍带有这最后的一点儿心情而已。

至于"非常……",我们注意到它已经丧失了"很"这个副词的意思,单单起到强调语气、填补空间的意思而已。

这样的语言应该怎么称呼呢?勉强说的话,也许可以叫"氛围语言"。

也就是说,"非常"是说话人在想表达"很……"或者"太……"这种情绪的时候使用,"对不起了"是自己想表达比对方退后一步的时候使用,"欢迎光临"是想表达欢迎他人的态度时使用的。

一旦不表示语言本身的意思,只是表示一种氛围,使用起来应该也就没有什么心理负担了。

因为"是比较接近的感觉",所以容易脱口而出。

实际上,在京都,经常重复使用这些词语。

"非常感谢、欢迎光临、非常感谢……"这样重复使用的情况比较多。

一般来说,词语的重复使用听起来会更加诚恳,但是,反过来,也可以说语言的意思也相应地变得轻薄了。

事实上,就这个事儿,也有一些东部的人批判京都和关西的语言。

认为"他们只是信口开河,只随口说些好听的话,心里实际上却不是那样想的"。

但是,无论这些语言出自多么轻薄的心情,说上两三次的话,也不会让对方产生不快。

"非常感谢!"比起这样恭恭敬敬地说上一遍,"非常感谢,对不起了"这么重复上几次,更容易留在印象中,也更让人心情愉快。而且,也会因为语言的轻快感不会给对方造成什么负担。

这种让人心情愉快,又不给对方造成负担的做法,也正是款待他人的精髓所在吧。

我的朋友中有一位在欧洲生活了很长时间的女士。有一次她回日本,我们一起吃饭。这时令我迷惑的是要不要帮她把椅子往后拖一下、要不要帮她穿上外套之类的事情。以国外的礼节来说的话,这么做当然是男人的职责。

可是那个时候,我想得有些多了。

这里是日本,是不是就应该按照日本的礼节来呢？对方又不是女王陛下,也没有必要做那么多吧。想来想去,错失了良机,她自己把那些事情全部做完了。

当然,她并没有因此而生气。只是有一次我说起这件事情,她苦笑着回答说：

"这是因为对那样的行为考虑得太多了反而做不到了。本来就不能那么较真的,去想'所谓的女士优先是因为同情女性,能算得上是尊敬对方吗'之类。只是因为有位女士在那里,随手就做了而已,并不需要那么考虑再三的。"

听了她的解释,我深感赞同。

确实,如果要对所有的行为一一费心考虑的话,每次帮女性穿脱外套都会感觉挺累吧。每次都要对各位女性真心敬爱,是不会持续太长时间的。

但是,不用考虑那么多,只因为一旁是位女士就那么做了,这样在内心划清界线,事情就出乎意料地简单了。

或许,款待他人的精髓就在这样的地方吧。

不要对每一句话都加上深刻的意义,轻松地去说。

"非常感谢""对不起了",如果这么说的时候,还要考虑对方是否果真是在自己之上,是否是自己非低头不可的对象的话,那可能一句话也说不出来了。

所谓"武士流生意法"就是这样的,每次向对方低头,都会一次次受伤。一想到"为什么咱必须要讨好他们呢"就会惨遭失败,买卖告终。

但是,若能分清楚对方只是自己的顾客,就不算什么了。然后多多恭维客人,多多向对方低头,如此继续,这种做法就会渗入身心。如果这都能做到,那么那种话就能以极其自然的轻快语气说出口了。

当然,这要是过分轻薄的话,就会变得轻而无实了。所以这种轻快感不能太过,否则就会出现相反的效果了。

但是,如果能在太过的前一刻刹住车,那就再也没有比这个听起来更好听、更让人舒服的语言了。

京都人的热情款待之好处,正是在这样的地方。

轻快、不会给听话人带来负担,而且还恰到好处地维护到客人的自尊心。

当然,京都人的热情款待并非只是表现在语言上。

说出这些话的时候,表情和神态也很到位。

说"非常感谢""对不起了"的时候,那种"真的很感谢"的心情清楚地表现在眼神中和说话人的态度上。那微微颔首或者轻轻弯腰的动作表现得优雅得体。

这些言语动作如果做得不太自然或是太夸张,就会令对方感觉疲惫。

永远都是自然轻快效果最佳。

这若是"地道的东京人",情况就有所差异了。

人们经常说起"气派"一词,其实浅显易懂地说就是坚持己见,其内心露骨可见。勉为其难,希望对方能够理解接受,因此是很有一些强加于人的味道的。

说白了,"东京式潇洒"接近一种规定。

规定"和服外褂讲求外表华丽不如里子舒适"之类的思想,也称为潇洒,这种潇洒只不过是在这样的重视内容的共识之下成立的而已。

因为万事万物都内藏规定,地道的东京人的待人接物就有一些麻烦。邀请客人来却把自己的好意强加于人,而且是拼命勉强,让人难以应付。

有时候让人都想说一句:"请让我悠闲自在一会儿吧。"

在东京,批评客人的居酒屋的老爷子会人气爆棚,而这样的店在京都等地是不可能存活的。在京都,若有人出现这样的行为,只会被认作是没有教养的乡巴佬。

不管怎么说,潇洒就是气势,内心更为重要,这让东京认真得有些土气。

和它相比,京都的待客热情中就没有勉强的因素。

那种夸张言行中的轻薄感,大概正是长年累月接待权贵者和入侵者的京都人自然而然地掌握的一种待客态度吧。

东京是有一种"并非有钱就让你玩得痛快"这种认真的成分在内的,而京都则没有那么不识趣。不管是谁,咱都能根据金钱的多少提供相应的娱乐,京都就是有这么一种精通款待之术的专业精神的。

只要有钱去消费,再也没有比京都更让人陶情适性、称心快意的地方了。

## 一个难忘的人

京都的女子当中,唯有一人,让我难忘。

她是在十七八年前,我去大阪的书店参加签售会时,去一个京都的俱乐部玩认识的。当时同行的编辑跟她介绍说我是作家的时候,她问道:"您是丹羽文雄先生吗?"

"怎么敢当!"吓得我赶紧否定。

那时候的我刚刚领了直木奖没几年,说是作家也不过是出道不久的新人而已。以这样的身份被误认成大作家丹羽老师实在羞惭。而且丹羽老师要比我年长三十多岁,能把这样的两个人搞混,简直错得离谱了。

我那么一说,她若无其事地回答道:

"对不起。我对作家不了解,只知道川端老师。再就是那位丹羽先生,很久以前曾经在电视里看到过。"

居然能说出这么奇怪的话来,我目瞪口呆。听说她在做舞伎的时候,跟川端老师曾经一起吃过几次饭。算是题外话了,据说老师给她打过来电话的时候,自报家门:"我是康成。"她一开始都没反应过来对方是谁。

仔细再看时,实在是一位绝代佳人。

她身穿一件白色和服,看起来端庄成熟。可是定睛细看才发现,尚在妙龄,黑亮的大眼流波,圆圆的小脸盈粉。典型的京都式女孩子的白皙肌肤,身材娇小玲珑。最为美妙的是,削肩细腰,和服穿得素雅娴静,与人物浑然一体。

这次相识成为一个很好的契机,以后我每次去京都的时候都到这个店里来。

我了解到,她出生在一个很有历史的茶屋家庭,从舞伎做到自己出钱独立的艺伎,之后马上开始了这个店。

茶屋家的女儿,从舞伎做到艺伎,之后再继承茶屋,在祇园算是精英中的精英了。拿政界来说的话,那就是一高[①]、东

---

[①] 一高:第一高等学校。是一所旧制高等学校,又称"旧制一高"。相当于现在的东京大学教养学院、千叶大学的医学院和药学院的前身。

大①、大藏省②的感觉了。当然,现在已经没有一高了,也许应该说是滩高③吧。

不管怎么说,她是一个纯粹的祇园女孩。

我被她吸引的原因之一,也许正是她身上浑然天成的那些京都的传统因素吧。

认识她的时候,我是三十八岁,她是二十三岁。比她年长十五岁的我早已大学毕业,从医多年。

然而我还是从她那里学到了很多很多。

她除了从小就学习的舞蹈、太鼓和茶道等传统艺术,还在料理、建筑、园艺等方面颇有造诣。当然,在京都的旧习俗和礼仪礼节、待客之道及待人接物等方面,我也都从她那里受教良多。

最让我钦佩的,是她一直很重视自古流传的一些说法和老规矩,经常合掌祈祷。比如她的店附近有一个叫辰巳稻荷的很小的神社,每次经过那里时,她必会低头合掌。另外,一起去吃饭喝茶的时候,如果我忘记付小费,她就会提前准备好,偷偷递给我,并嘱

---

①东大:东京大学。
②大藏省:日本国家财政部。
③滩高:兵库县神户滩高中,日本属一属二的知名男校。

咐我要若无其事十分自然地交给对方,以便对方可以轻松接受。

我叫到酒宴来的艺伎们登上舞台时,她一定会递上慰问金,费用大抵是购买"京都舞蹈"的票价。有时候我本人还不知道,后来有艺伎跟我道谢时我才注意到这事。

我这么一个"乡下人",能够这么快这么舒服地融于祇园的世界,肯定是因为有了她这种或有形或无形的指引的结果。

而且,我们所去的都是一流的地方。

当然,相应地要多花费一些银两,但是我也看到了、听到了、感受到了在那价格之上的东西。

如果去的是二流的地方,以二流的形式进去的话,终归是不可能了解京都的精髓所在吧。

我有一次读到过某作家所写的京都的花街,感觉有很多"不是那么回事"的地方。里面出现的店家和料理大体都能猜到,都是些二流货色。

说这是该作家的责任,不如说是为他指引的人的问题。其只给他展示了这种程度的东西,才让他误认为那是最好的了吧。

从这个意义上说,我是幸运的。如果我没有与她相识,大概我的一系列关于京都的作品就无法成立了。即使勉强能写成,也一定会写出一些缺乏风趣的、敷衍应景的东西。

现在也能想起来,她经常说"那可不行"。

例如我告诉她有个朋友带我去了某个店,她会十分干脆地说:"不能出入那样的店。"简直就像是在说:"出入那样的店,品味是会受到怀疑的。"还有,我经人介绍在京都和别人一起吃吃饭喝喝酒的时候,她就会给我忠告说:"还是不要跟那位先生交往比较好。"

被她劝阻的都是号称京都怀石料理,但只是用磁带播放琴瑟那样的徒有其表的店,或者是那些暴发户式的男人。

那种店有那种店存在的必要,暴发户男人也不是什么坏人。我们觉得没有必要区分得那么清楚嘛,可是她却十分顽固,完全不肯接受。

在她心里始终有一种自豪感,觉得即使同为接待客人的行业,自己这些人走的也是一流路线,一直在守护日本最重要的传统。

实际上也确实如此,她家经营着从文九[①]年间传承至今的茶屋,碰巧有一次我在京都的时候,她给我看了一件从她老家的库房里翻出来的东西,居然是菊池契月的挂轴。

---

①文九时期:江户末期,孝明天皇时的年号。1861年2月19日至1864年2月20日。

有趣的是,她的一位从舞伎时代就关系很好的朋友K小姐,现在在经营的茶屋,据说是从安政①时期开始的。

文久和安政为挚友了,哪里还轮得上暴发户之类出场呢。

而且,她们认识很多如雷贯耳的名人。从英国女王、美国总统,到日本政界的各种大人物,见惯了那么多数都数不过来的一流人物,当然不会胆怯。

出身于有历史渊源的家庭,见惯了一流的东西,接触多了一流的人物,对于时兴的冒牌店和暴发户不屑一顾也正常。

当然,在见到自己内心不认可的店里的女老板和暴发户的时候,她们还是会满脸堆笑热情交流的。只看其表面,是完全想不到她会在背后这么说的。

二十多岁的小小年纪就掌握了这么左右逢源的社交技巧。

好坏不说,这种八面玲珑让我深感钦佩。这既可以说是一种灵活性,也可以说是两面性。不过,能够不假思索地做得这么天衣无缝。这种本事实在是高明强大。

在那之前,我也见过各种各样的人,受到过很多教导,并触发

---

①安政时期:江户末期,孝明天皇时的年号。1854年11月27日至1860年3月18日。

了很多感想。

但是,再也没有比和她见面时更令我感兴趣、受刺激的了。听她说话、看她做事,比和其他任何知识分子交往都更加新鲜,她是那样充满魅力。

最妙的是,她的思想和行为的魅力并不是来自表层的知识,而是来自内心的一种气质。

然而,我发现这样的她也怀有某种自卑感。

这种自卑感来自她没有去过正儿八经的学校读书、没有学历这件事。

她因为要去当舞伎的关系,初中就退学,去祇园的舞伎学校"女红场"学习。这里虽然也能进行一般性的学习,但是同时还要学舞蹈唱歌,以及茶道、花道、礼仪礼节等,为将来做个合格的艺伎接受必备的教育。

也许是因为这个原因吧,她有时候会读不出汉字,稍有个外来语就看不明白。她为此深感自卑。这让她对大学教授和所谓的文化人十分羡慕。实际上,她的店里经常有京都大学,以及其他各个大学的教授们来玩。

之所以对我如此亲切,也许正是出自这方面的原因吧。

总而言之,她嘴里的了不起的人,都是些总是聊艰难晦涩的东西的知识分子。

对于自己没怎么听过的词语和滔滔不绝地说外文的人,她会轻易折服。

随着我们的关系越来越亲密,我费尽唇舌,一再告诉她那样的东西是多么没有意义,可是她就是听不进去。我说比起那些看上去无所不知夸夸其谈的男人,你那丰富的感性要了不起得多。但她也无法接受。

也许是我不断地重复这样的话起了点儿作用,她的学历自卑症得到了很大的缓解,不过,认为学者在买卖人之上这样的念头,好像至今顽固不化。

这种认识不只是她,是整个京都都有的倾向,也是这里和紧邻的大阪别有不同的地方。

即便如此,我和她也真是吵了不少架。现在回想起来,似乎都是些微不足道的事情,都是她和我成长的文化差异的不同造成的结果。

比如我们去了一家料理店,我一说"不好吃",她就慌忙圆场。

之后就向我开火了。

"你那么说对人家厨师太不好了吧?"

"但是你也觉得不好吃吧?"

我一说,她老老实实地点头同意。

但是她说,因为不好吃就实话实说不好吃是很失礼的。怎么也是人家拼命努力做的,所以应该"在厨师面前说很好吃"。

"完全不必那样嘛!我们是花钱的客人,对不好吃的东西就该说不好吃,这么做也会激励对方提高厨艺。"

我的意见基本是这样的,但她不服气。

"不好吃的话以后不去就行了,根本没有必要当面说嘛。"

"这就是你们京都人只是嘴皮上说得好听,没法让人信服的地方。"

"像你这样不考虑对方的感受、直言不讳的做法才正是东京人的粗野之处呢。"

就是这种感觉,最后总会变成京都和东京的对抗。当然,我不肯投降,她也不会屈服。

对于双方各自的城市,我们也经常争论不休。

她说京都是一个太小巧、烦人、狭窄的城市。说东京是一个又大、高楼大厦又多、人人生机勃勃、很有活力的城市。

我如果稍一松懈,也跟着贬低京都表扬东京的话,就会突然遭到反击。

"虽说又大又有活力,但东京也是个很嘈杂的城市啊!京都虽然不大,但是有扎实的历史文化和传统基础。"

不管表面上怎么说,她骨子里对培养自己长大成人的京都怀有绝对的自豪感和热爱。

还有一事,有人邀请我俩去东京附近郊区的一个很不错的地方玩,意在好好放松一晚。我答应了他们所定的日子,可是听说她那边跟对方说自己时间不方便没法去。

没办法,邀请人又问我改成另外一天如何,但是紧接着她又打电话过来,说太不自在了不想去,让我帮她拒绝。

若是这样,就应该自己好好拒绝。如果太不自在不好说出口就换一个其他什么理由。总而言之,只从表面上说时间不合适这样的说法行不通,邀请方要换成别的日子也是情理当中的。

可是她说人家特意邀请,自己拒绝太失礼了。

哪儿有这种事!不喜欢就是不喜欢,这阵子日程安排不过来啦、不太习惯去那样的地方啦,应该这样找个适当理由拒绝。这么说东京人也不会生气,直接说明原因东京人也会理解。

但是她说自己绝对说不出口,也不应该说。

这样的地方让我焦躁着急,甚为惊讶的同时,又重新审视起京都与东京的不同。京都注重修缮表面,东京在这一点上就比较率真。

即便如此,我从她那里确实学到了很多东西。吵吵闹闹当中,所得甚多。

人们经常说京都女性心眼儿不好,其实没有那一回事。至少她是充满善意与真诚的。只是她的表达方式和东京人稍稍不同而已。除掉那件京都人特有的铠甲,她还是很率直明快的。

当然,她并不吝啬,在该花钱的地方能花得让人目瞪口呆。而且,很懂得旧式的人情礼仪。

但是,即使我们彼此如此互相认可,她永远也都是京都人,无论如何都摆脱不掉京都式的东西,我也终归是札幌和东京这样不着边际的殖民地人。

想来,也许这互不相容的差异,正是她吸引我的最大的魅力所在吧。

## 山清水秀

所谓"山清水秀",根据广辞苑的解释,是"映日山清,秀水澄净见底"。形容山水秀美的景色。

但是,这确实是称赞京都东山一带的黛绿和鸭川水的澄明而言的,《山阳行水》中,就有对京都"称'山清水秀'处"的记载。

正是,再也没有比京都更加山水谐和的城市了。

日本自古以来的开放性的城市一般都有河川流经。因为水上运输曾经是主要的运输手段,所以,有大河存在是一个城市发展的主要原因之一。

平城京(奈良)虽然号称规模宏大,却最终没有足够发达的原因,也还是因为那里没有一条大河的缘故吧。

但是，也并不是只要有大河就可以了。河川再大，如果急流过多，或者洪水不绝，也无济于事。

平原面向大海展开处就会有运河，就会诞生一座大城市。这是因为上流物资因河川而集聚在一起，又继续依靠海路被运往各地。

大阪和名古屋就是这样的代表性城市，因而作为商业都市发展了起来。

但是，京都却是一个内陆城市。从现在的地图上看，看似离大阪很近，而在当时，应该是距离很遥远的。但是它几乎是位于日本的中央地带，又有合适的平地和河流。这就是京都布局条件的地理特征。

据记载，毅然进行迁都京都的是恒武天皇。但在那之前，当然是先有人进言说：那里是作为王城，最为合适的土地吧。

这个人物既是一位有先见之明之人，也一定是一位风流有趣之人。

单单是交通方便的宽阔的土地，其他地方也有好多。

但是，所谓方便，同时也就是外敌容易入侵的意思。这一点上，进京都必须要沿着淀川逆流而上三十余里才行。即使敌人从海上蜂拥而来，这期间也能建成几道防线。而且，其向外打开的只有南面，东西两面及北面是被群山环绕的，这是自古以来创建城市的一个原则。进一步来讲,自然之美这一点,比起海边城市,内陆城市更具有优势。

内陆一般是以盆地性气候居多,春夏秋冬四季分明。花草树木也因此富于变化,自然景色丰富多彩。

京都的红叶之美,从暑热未消的秋天一直到忽然寒气逼人的季节经久不衰,春天之美也因为冬日的严寒而格外突出。雪景风情也是在同为关西的海边城市无法体会到的。

要说欣赏大自然的变化,还是离海边稍远一步的内陆城市更为秀逸。

这时候起到很大作用的是环绕大半圈的群山秀色。

我喜欢在京都原有的铁路线下车时的车站景色,但那并非是指楼房和城市的姿态,而是其山川的矗立,和我的故乡札幌十分相似的缘故。

从札幌车站下车的时候,能看到右手边的群山,和车站前笔直延伸出去的道路。

因为曾经的北海道开拓使长官是朝廷官员出身,所以将西面山脚下设立了一座叫"圆山公园"的公园,又将流经城市中心的那条河流的一部分,命名为"鸭鸭川",将整个城市以"条"来区分。

大概他正是以这样的命名,来缅怀自己的故乡京都吧。其起因一定还是那种来自对山岳的热爱。

但是,札幌是一座面向大海的扇形地带,位置又太靠北了,没有京都那么微妙的四季变化。有的只是积雪深厚的严冬和稍纵即逝的夏日,季节的变化过于粗犷。状况相似的欧洲也可以这么评价,因此花草和树木的种类十分有限。

我觉得札幌唯一胜过京都的地方即城市是向北而开的,群山从西面向南面延展。借助这自然的惠赠,从光照很好的西南窗户方向,可以眺望变化的山容。

但是,京都这个城市却是向南方而开,群山环绕在自东方往西北的方向,所以很难从明亮的南窗眺望群山。

这个暂且不说,只要有山,其山就是城市的象征,而且人们会从山上受到各种各样的恩惠。有时候会去采摘山菜,有时候会去伐木取材。再有时候还会潜入山中。敬畏之情由此而生,对山岳的信仰也就诞生了。人们对比叡山的信仰和大文字山的烧荒[①]大概

---

[①]大文字山烧荒:京都北面和东侧的山峰,因为每年京都夏季举行的"五山送火"仪式,点燃五座山上的字,在这两座山点出来的就是"大"字,因此叫"大文字山",北面的山峰又叫左大文字,山脚下是金阁寺;右面的山峰叫右大文字,山脚下是银阁寺。

都是产生于这样的地方吧。因为周围有各种高度的群山,可以长时间享受樱花和红叶之美。

有了山,不必说春夏秋冬了,便是同一天的时间,也会生出无限的变化。无论朝阳还是晚辉,月升还是月落,都比平地有着显著的变化,更富有情致。

从有山的城镇来看,没有山的城镇总感觉薄滋寡味、了无生趣。东京比京都感觉落寞的原因正是因为它的附近没有山的缘故。

这对于住在那里的人们的心情也会产生微妙的变化,一般来说,面海而居的人们比较开朗、豁达,而又稍稍欠缺情调。相反,内陆的人们也许比较内向,比较有情趣。

在日本,经济方面暂且不谈,文化方面长期以来一直是内陆人占据主导地位。其中心为京都。正是居住在那里的宫廷人创造出了文化。

在距今一千二百年前的时代,他们就把这片真正山清水秀的美丽土地选做王城了。即便只从这个场所的选择这一点来看,也能了解日本人的美的原点所在。

但是,京都的自然也是有一点痛处的。

其一是夏日的酷热和冬日的严寒。京都的寒冷彻骨是闻名遐迩的,读一读那些各式各样的古典作品就会明白,它冷得连让平安时期的贵族们都摧眉折腰。

然而,即便如此,它能作为王城之地一直延续至明治维新,寒暑暂且不谈,大概正是因为风景之美远胜于其严酷气候,深深抓住了人们的心,让他们欲罢不能吧。

当然,这里面也有那种久居为安的情怀,但更多的应该是众多宫廷人比起寒暖之冷酷,更优先考虑了自然之美的缘故吧。

的确,再也没有比京都更富于四季变化、更为优美的地方了。

就春天这一个季节,自"立春"开始,它会沿着"雨水""惊蛰""春分""清明""谷雨"的顺序依序变化。而且就一个"惊蛰"当中,又分出了"蛰虫惊醒""桃始华""菜虫化蝶"三个阶段。"春分"也有"雀始巢""樱始开""雷乃发生"之变化。

北海道的春天虽然也很美,却没有这样细致的变化。那里的春天不妨说是豪华而又粗犷,忽然间万物共荣,百花齐放。

虽然明白那是因为地处北国毫无办法的事情,却不禁对京都这片被展现出如此细腻变化的大自然环抱的土地羡慕起来。

这样的感想,也许生活在冲绳和九州、东北和北方地区的人都会有吧。在这些地方,四季的变迁与京都截然不同。这也就证明:正因为日本的《岁时记》①是以关西为中心编写而成的,另外的这些地方都是与《岁时记》相脱节的。

虽说在南北狭长的日本列岛,季节风格迥然而异也是理所当然的,但是,从《岁时记》中偏离开去还是会让人有一点儿被甩下来的落寞感。

不过,即便是东京、名古屋和广岛一带,这些地区和京都的季节也是有点儿偏差的。而且,它们的四季变迁也比不上京都四季变迁的细腻。

如果说除此之外,京都还有一个痛处的话,那大概就是没有活蹦乱跳的新鲜鱼类、贝类这一点吧。

按照如今的现状来看,从大阪到京都,一个小时就到了,可是在过去,那是要花上一两天时间才能到的远途,运输新鲜的鱼类是十分困难的。

也许是因为这个缘故吧,京都到现在也没有一家太好吃的寿司店。即便有,也不是以食材的新鲜为重,多是以用盐腌制过的食

---

①《岁时记》:记录一年四季不同的自然变化、人情世态的书。又称《岁事记》。又一理解为俳句的季节用语注释集。

材为主。

醋腌青花鱼等食物就是过去将在若狭地区捕捞上来的青花鱼运往京都之前,因为怕生鲜运输会腐烂,就在上面撒上盐腌制再运,由此而生的。

作为京都名菜的海鳗料理,原本也是在考虑其耐久性中产生的,鲜鱼料理几乎接近没有的状态。

当然,也可以说是因为缺乏新鲜的食材,反而更促进了料理的发达。

像北海道那样,面临大海的地域并没有什么像样的料理。实际上,在这样的地方,与其拙劣地烹制,不如将刚刚捕捞上来的海鲜直接放进口里,味道会更加鲜美。所以,就没有必要发展料理文化了。

从这一点来看,京都条件差了些。换句话说,他们必须用烹制来掩饰素材的不够鲜美。

再没有比京都料理更肯下功夫、更为用心的了。其拼命劲儿简直太具艺术性了。

但是老实说,京都料理并没有那么美味。虽然看起来赏心悦目,匠心求工,却没有那种让人吃得"肚子饱了眼不饱"的特别美味。大多都是一些讲求舌的触感、齿的嚼劲儿、香气的盈鼻的料理。

热爱美食的谷崎润一郎先生曾经说过:"京都是美味的集中营。"可是果真是那样吗?确实,他喜欢的甲鱼、海鳗和加吉鱼之类的菜做得很美味,但是,依北国长大的我看来,味道稍稍过于浓厚了些,有点儿强加于人的感觉。

味觉因人而异,不能对他人的喜好说三道四。不过,很难认为京都人的味觉有多么出色。岂止不能如此认为,当看到京都人扒拉着茶泡饭的样子,忍不住会惊讶:怎么吃这种粗茶淡饭呢?

当然,我们不能只看到一部分就论及全部,单从缺乏真正的生鲜食材的美味这点来看,京都料理不能不说是一种扭曲的料理。

不管怎样,就海味这个角度说,京都这片土地并没有受到自然的馈赠,仅这一点是千真万确的了。

然而,京都的痛点也许顶多就这么一两点而已。说来说去也没有比京都的自然更加丰富多彩的地方了。

我之所以对京都如此憧憬,正是因为这里的自然也好、文化也好、人们的生活方式也好,都与我长大的北海道形成了鲜明对照。

可是,随着对京都的了解,也让我重新认识了北海道,我自己内部的京都性元素也开始展现。

日本人的体内,都隐藏着一些京都性元素。

不管他们居住何处,这个原点始终扎实厚重地根植在骨子里。好坏暂且不论,那就是他作为日本人的证据,是他心灵的根基,这一点似乎是难以否定的。

# 后记

很久以前,就想尝试把对京都的感想整理成册。

至今为止,写过几本以京都为舞台的小说,也时不时地写个散文什么的。当我想把这些东西整理成形的时候,正巧受到《小说现代》的编辑川端干三先生的建议,这便成了我写这本散文集的动机。

一开始有些迷茫,不知道该写成什么样式,后来决定从我的少年时代对京都的憧憬开始挖掘,一直关联到现在。

可是,写着写着,从北海道和京都这个视点,渐渐拓展到了东京和京都,继而又想向东京文化和京都文化这个视点扩展开去了。

现如今,日本各地城市规划整齐划一,只走在车站附近和繁华街区上,看起来都是一个样子。但是只要再往里走一步,就会发现还有很大的地区差异。

即使表面上街道的模样和流行的时尚大致相同,人们的观念也有很大的差距。而且,这不是一朝一夕就可以填平的,也不是非要填平不可的东西。

这些因素也都包含在内,希望本书能成为您在思考东京和京都时的参考。

但是,就像题目定为"我的京都"一样,这始终只是我个人所见所感的京都而已。

把自己无比热爱、深受吸引的京都,以此形式整理成册,这让我对京都的感情上升了一个新的高度。

**渡边淳一**

一九八九年六月

图书在版编目（CIP）数据

我的京都 /（日）渡边淳一著；郑世风译 . —青岛：青岛出版社，2019.4

ISBN 978-7-5552-8106-1

Ⅰ.①我… Ⅱ.①渡… ②郑… Ⅲ.①随笔–作品集–日本–现代 Ⅳ.① I313.65

中国版本图书馆 CIP 数据核字（2019）第 055726 号

わたしの京都 by 渡辺淳一
Copyrights：©1989 by 渡辺淳一
This edition arranged through OH INTERNATIONAL CO. LTD.
Simplified Chinese edition copyrights： ©2019 by Qingdao Publishing House Co., Ltd.
All rights reserved.
简体中文版通过渡边淳一继承人经由 OH INTERNATIONAL 株式会社授权出版
山东省版权局著作权合同登记号 图字：15-2017-237 号

| | |
|---|---|
| 书　　名 | 我的京都 |
| 著　　者 | （日）渡边淳一 |
| 译　　者 | 郑世风 |
| 出版发行 | 青岛出版社 |
| 社　　址 | 青岛市海尔路 182 号（266061） |
| 本社网址 | http://www.qdpub.com |
| 邮购电话 | 13335059110　0532-68068026 |
| 策　　划 | 刘　咏　杨成舜 |
| 责任编辑 | 刘　迅 |
| 特约编辑 | 毛必跃 |
| 封面设计 | 末末美书 |
| 封面插图 | 绿竹青青 |
| 照　　排 | 青岛佳文文化传播有限公司 |
| 印　　刷 | 青岛双星华信印刷有限公司 |
| 出版日期 | 2019 年 4 月第 1 版　2019 年 4 月第 1 次印刷 |
| 开　　本 | 大 32 开（890mm×1240mm） |
| 印　　张 | 6.75 |
| 字　　数 | 105 千 |
| 印　　数 | 1–5000 |
| 书　　号 | ISBN 978-7-5552-8106-1 |
| 定　　价 | 35.00 元 |

编校印装质量、盗版监督服务电话　4006532017　0532-68068638
本书建议陈列类别：日本·畅销·随笔